鷗外の怪談

永井愛

JIRITSU SHOBO
而立書房

■登場人物

森林太郎（鷗外）……作家、陸軍軍医総監、陸軍省医務局長　四十八〜九歳
森　しげ……林太郎の妻　三〇歳
永井荷風……「三田文学」編集長　三〇〜三十一歳
平出《ひらいで》　修《しゅう》……歌人、「スバル」編集・発行人、弁護士　三十二歳
スエ……新入りの女中　十九歳
賀古《かこ》鶴所《つるど》……林太郎の親友、耳鼻科医　五十五歳
森　峰《みね》……林太郎の母　六十四歳

1

鷗外森林太郎の「観潮楼《かんちょうろう》」と呼ばれた居宅、その二階。

正面奥の障子戸は開け放たれ、硝子窓のある廻り廊下が見える。その上手と下手には階段があり、階下の母家と離れにそれぞれ通じているが、見えない。上手の壁には、廻り廊下が覗ける小窓。

座敷の一角に机と椅子、本棚。少し離れた一角には丸テーブルと数脚の椅子。隅には座布団が積み上げてあり、その前に六枚屏風が立てかけてある。

一九一〇年（明治四十三年）十月下旬の夕方。

廊下にしげがいる。ゆっくりと歩いたり、立ち止まったり。

しげ　富子《とみこ》の夫は、先生だの博士《はかせ》だのと世の尊敬を集めているが、その実、金とは縁が薄い。

それなのに、ほとんど病気ででもあるかのように、西洋の書物を買い入れる。そして、「芸者に注《つ》ぎ込むよりマシだろう」などと澄ましている。富子も仕方なく、「そうですね」なんぞと言っている。

しげ、座敷に入ってくる。

しげ　ところが最近ある方面の人たちが、「西洋の書物は危険だ」と言い出した。ついには、ある新聞が「危険なる洋書」という連載まで始めた。これによれば、夫が半生をかけて集めた洋書のほとんどは、危険なる思想に毒されているらしい。

と、本棚の前へ。林太郎の洋書を見ながら、

しげ　イプセンは健全なる家庭生活を破壊する。モーパッサンは人々を色欲に狂わせる。ゾラは人間の醜さのみを描き、ニイチェは道徳を否定し、ベルレーヌは堕落してもよいのだと囁《ささや》く。そこに吹き込むのは、「政府を転覆せよ」と煽るロシアの風だ。ことにトルストイ、ツルゲーネフ、ゴーリキーなぞは、社会主義、共産主義、無政府主義などの恐ろし

き革命思想を、さもよいもののように宣伝する、文芸の皮をかぶった狼なのだとか。

しげ、本棚の前を離れる。

しげ　富子はこの連載を愛読した。そして、危険だと言われれば言われるほど、読みたくてたまらなくなった。ついにイプセンに手を出した。今では、「妻である前に、まず人間でありたい」なんぞと思うようになっている。ああ、恐ろしや、恐ろしや……

しげ、腹をさすってみる。妊娠六カ月。

しげ　どうだい、皮肉が利いてるじゃないか。

と、急いで机の前へ。ノートに鉛筆で書き始める。
廊下にスエが現れる。へこんだ鍋を大事そうに持っている。

スエ　奥様、お待たせしました！

しげ　シッ。（「下に聞こえる」と身振りで制し）またどっかに迷い込んでいたのかい？
スエ　いえ、お台所がなかなか空かんかったので。せぇけど、今日はご馳走でございますよ。
（と、鍋を差し出す）
しげ　まぁ、焼き鮭に梅干しまで。お前、気が利くようになったね。
スエ　へへ……
しげ　でも、鮭は大丈夫かね。足りなくなったと騒がれないか？
スエ　それが、大丈夫なんでございます。いうたら、これは……（と、笑い出す）
しげ　これ、ちゃんと説明おしよ。
スエ　やっと人目がないなって、大急ぎでご飯におかかをまぶしやったら、いきなりご隠居様が入っていらして……
しげ　見つかったのかい！
スエ　そんで、何をしていると聞かれたんで……
しげ　犬の餌だと言っただろうね？
スエ　もちろん、そう申しました。そしたら、「ほう、ジャンの餌かい。だからって、おかかご飯じゃあんまりだ」と、焼いてあった鮭をポン（と鍋に放り込む仕草）、「酸っぱいモンも欲しかろう」と梅干まで……（また笑い出し）ただ、ジャンの餌やと言うた手前、お箸を持ち出せんなってしもて……

しげ　……

スエ　やっぱり取ってまいりましょうか。

しげ　いい（と、鍋を置く）。これは、本当にジャンにやっとくれ。

スエ　え……？

しげ　この意地悪がわからないかい？　あの女は、私が食べると見抜いたから、わざと鮭をつけたんだよ。梅干しまでつけたのは、「知ってるよ、お前だろ」という嫌味さ。どんなにお腹が減ったって、そんな親切に乗るもんか。

スエ　せぇけど……

しげ　疲れた、ちょっと横になる。

スエ　あ、ただ今……

と、しげの寝やすいように座布団を整える。

しげ　お前は来たばかりだから、私をわがままに思うかもしれないけれど、あの女の方が勝手なんだよ。ご隠居様なんて呼ばせながら、未だにすべてを取り仕切って、財布の紐まで握っている。そのくせ、私に焼き餅を焼くんだよ、大事な息子を盗られたって。近頃じゃ、こんなふうに親切な振りをしていじめる。そうやって、私を怒りにくくさせておいて、自分の方が上手《うわて》だと見せつけるのさ。

しげ、スエを引き寄せて、手を握る。

しげ　私の味方になっておくれ。ほかの使用人たちは、みんなあの女の言いなりだ。お前までそうなって、於菟《おと》の世話なんてするんじゃないよ。

スエ　オト……？

しげ　渡り廊下の先の離れに、於菟っていう名の、不細工な若造がいるだろう。

スエ　ああ、ご隠居様が面倒を見てられる。

しげ　あれは、前の女房が産んだ子だ。だから私への当てつけで、可愛がってみせるのさ。お前は私の産んだ子だけ、世話をすればいいんだからね。私の産んだ、茉莉《まり》と杏奴《あんぬ》、そして、（と、スエの手を取って自分の腹に当て）この子の。

スエ　はぁ……

しげ　本当は、茉莉と杏奴の間に、男の子がいたんだよ。でも、百日咳で死んでしまった。まだ、ほんの赤ちゃんのうちに……

しげ、急に鍋を覗く。

しげ　やっぱり食べた方がいいかもしれない。今度こそ丈夫な男の子を産むために……

と、鍋を持ち、座布団の方へ。

しげ　鍋が空いたら、犬小屋の前に転がしときな。まるでジャンが食べたようにね。
スエ　あの、お箸は？
しげ　よけいなことを聞くんじゃない！　お前はそこで番をして、誰も来ないようにしておくれ。
峰の声　（階段から）スエ！　スエ！
しげ　ほら、私はいないんだからね。

スエ、屏風をひろげてしげを隠すと、帯に挟んでいた手拭いでそこらを拭く。峰、廊下に姿を現す。

峰　やっぱりここかい。そんなとこの掃除はいいよ。

スエ　へえ、せぇけど……

峰　於菟の洗濯物が乾いたから、取り込んでくれるかい？　於菟は遠慮がちな子で、繕《つくろ》い物も出さないんだ。だから、洗濯物を畳むときにはよぉく見て、ちょっとの綻《ほころ》びだっても、繕っておくれね。於菟は帝大で医学を学ぶ、この家の長男だよ。いずれ跡取りになるんだから、身なりも気をつけてやらないと。

スエ　（曖昧に頷き）……

峰　さあ、頼みますよ。

スエ　（しげを意識して）すんません、下へ行きます、すんません……

峰　ああ、ご苦労だね。

スエ、階下へ去る。峰はひと息つくと屏風に向かい、

峰　しげ子さん、出てらっしゃいな。お箸を持って来ましたよ。

と、懐から布巾に包んだ箸を出す。

峰　もう、ややこしいことはやめようじゃないか。お腹がすいたら、遠慮なく言えばいい。あんたは大事な身体なんだ。三度のご飯じゃ足りなかろう。それを犬のふりなんかして……

屏風の裏から反応はない。

峰　私は淋《さみ》しくって仕方がないよ。あんたとは七年も同じ家にいるのに、まるで敵《かたき》同士みたいに北と南に分れて住んでる。あんたがそう望むなら仕方がないと思ってきたけど、私もこの先そう長くはないだろうし、たまには……（と、言いかけて空しくなり）じゃ、お箸はここへ置いておくから、くれぐれも手づかみで食べないようにね。林太郎は衛生学が専門ですよ。その女房が、ばい菌だらけの手でご飯を……

ふと、しげのノートが目に入り、手に取る。

しげ、峰の急な沈黙が気になって、屏風の陰から覗く。
眼鏡を出し、貪《むさぼ》るように読んでいる峰。
しげ、急ぎ出て来て、ノートを取り上げる。
互いにしばらく無言の後、

峰　そこに書いたのは、私のことかい？
しげ　……
峰　稲《いね》という姑が出てくるが、それは私のことなんだろ？
しげ　これは……小説ですから。
峰　あんたは、いつだって身の回りに起きたことを書く。富子ってのがあんた自身だってことは、もう約束事になってるじゃないか。
しげ　なぜ急に気になさるんです？　これまでだって、お姑さんは出てきましたでしょう。
峰　これまでのは、大した役回りじゃなかったよ。でも、今度は稲という名前までついて……
しげ　稲も大したことないですよ。これっきり出て来ませんし。
峰　それにしては、相当な印象を残すね。その親切なふりをした意地悪は……
しげ　そうでしょうか。

峰　それは『スバル』に出すのかい？　それとも『中央公論』か？

しげ　これはただ、書いているだけで……

峰　いや、大したものですよ。小説を書き始めて一年足らずで、もう毎月締切を抱えているなんて。ただ、森鷗外の妻だってことは、思いのほかやっかいでね……

しげ　とっくに承知しております。

峰　だったら慎重にやらないと。私を悪く書いたつもりが、結局は林太郎の評判を落とすことになるんです。へえ、鷗外の家《うち》はこんなことになってるのかと……

しげ　稲はここだけしか出てきません。この後はすぐ、「危険なる洋書」の話に移るんですから。

峰　危険なる洋書？

しげ　朝日新聞の連載ですよ。あの書きようはあんまりだから、ちょっと言ってやろうかと思って。

峰　何だって……！

しげ　森鷗外が名指しで非難されたじゃないですか。「エデキントという猥褻な作家を日本に初めて紹介した」って。ついでに私も書かれたでしょう。「鷗外の夫人は、しきりと婦人生殖器に関する新作を公《おおやけ》にされる」って。

峰　おお……（と、拒否反応）

しげ　婦人生殖器とは何ですか！　私は確かに、妊娠や出産や流産については書きましたよ。でも婦人生殖器についてなど……

峰　ああ、もう言わないでおくれ……

しげ　この際、反論しておきたいのです。ですので、稲は活躍しません。

峰　これ、新聞に反論などするもんじゃない。鷗外の女房がそんなことをしたら、大騒ぎになってしまうよ。

スエが廊下に現れる。

スエ　あのう、『スバル』の平出さんという方がお見えですが。

しげ　ちょうどいい。ここにお通ししておくれ。

峰　お待ちなさい。その原稿の相談かい？

しげ　これは『スバル』じゃありませんたら。

スエ　平出さんは、旦那様とお約束があるとかで。

峰　じゃ、林太郎が帰るまで、下の洋間でお待ちいただいて。

しげ　いえ、こちらにお通しを。私もちょっと話があるから。

峰　（スエに）下でいいよ。

しげ　（スエに）上になさい。

二人、いきなり無言。

スエ　あのう、そんならどちらに？

峰　じゃあ、こちらにしておこうか。奥様がそうお望みだから。

スエ　へえ。（と、階下へ）

しげ、峰、急いで身繕いする。

しげ　私がお相手しますから、どうぞもうお気遣いなく。

峰　平出さんは私にとっても親しい方です。ご挨拶ぐらいさせておくれよ。

しげ　下でなさればよろしいでしょう。

峰　今から下に降りたんじゃ、階段の途中で会ってしまうよ。危ないじゃないか。あんな暗い狭いところで……

しげ　じゃあ、こちらでお待ちになればいいでしょう。（と、廊下へ）

峰　えっ、下に行くのかい？

しげ　（振り返るが、無言で去る）……

峰　これ、ちょっと……（すぐ後を追う）

やがて、階段の方で人声。一転してにこやかな表情のしげと峰が、平出修を囲んで来る。平出は書類鞄を下げている。

しげ　さ、どうぞこちらへ。

峰　どうぞ、どうぞ。

二人、丸テーブルの方へ平出を案内し、椅子に座らせる。

平出　いや、恐縮です。お揃いでお出迎えいただくとは。

しげ　（平出の左横に座り）じゃ、後は私が。

峰　じゃ、私はちょっとだけ。（平出の右横に座る）

峰としげは、平出を挟んで向き合った形。

平出、妙な空気を感じはするが、

平出　しかし、いいですね、お二人がこうして一緒にいらっしゃるのは。何か、心がなごみます。

三人、何となく笑う。

峰　茉莉と杏奴はいいのかい？　二人っきりで遊ばせておいて。

しげ　大丈夫でしょう。茉莉はもう八歳ですよ。

峰　杏奴はまだ二歳ですよ。お母さんのそばにいたいだろう。

しげ　杏奴がぐずり出したんなら、茉莉が呼びに来るはずですよ。

峰　そうかい。じゃ、泣くまで放っておきなさい。

しげと峰、いきなり無言。

平出 いや、子育てというのは、全く……

しげ お宅も大変でいらっしゃいましょう?

峰 ですから、しげ子には感心してしまうんですよ。子育てを抱えながら、小説まで書き出してしまうんですから。

平出 なかなかの評判ですよ。しげ子さんは、身の回りの出来事でも、主観におぼれず、観察的な態度で書かれるので気持ちがいい。

峰 それならよろしゅうございますが、調子に乗って余計なことを書き出しますと……

しげ 「小説というものは、何をどんな風に書いてもいい」と他ならぬ鷗外が言っています。(平出に) そうですよね?

平出 ああ、確かに……

峰 建前としては、そう言いますよ。その上で、それなりの手加減を加えるのが、真《まこと》の専門家というもので……

しげ じゃあ、あんなふうに書かれたまま、黙っていろと言うのですか!

峰 そういうことは、林太郎に任せておき。女のあんたが言うことじゃない!

しげと峰、いきなり無言。

平出　あのう、今のお話は……？

しげ　「危険なる洋書」という連載で、私たち夫婦が批判されましたでしょう？

平出　ああ、あれは何かと話題になる。

しげ　ここいらで、少し反論をしておいた方がいいかと思いまして。

峰　それを小説でやろうとしているのですよ。それも、突拍子もない繋がりで。

しげ　まだ書いていないでしょう。突拍子もないとなぜ言えますか？

峰　姑が嫁をいじめた後で、すぐ危険なる洋書の話になるなんて。（平出に）突拍子もない繋がりではないでしょうか？

平出　さぁ、それは読んでみないと……

しげ　あ、繋がった！　うん、繋がる繋がる、これは突拍子もないどころか、むしろ……！

と、ノートを持ったまま立ち上がって、机の方へ。急いで何か書きとめる。

峰　まぁ、何が繋がったんだやら……
しげ　嫁をいじめる姑、小説家をいじめる新聞。この二つは、ある大きな力を笠に着て物を言う点において、実にすんなり繋がります。
平出　なるほど……
峰　えっ、おわかりなんですか？
平出　いや、新聞の方だけですよ。このところ、政府は出版物への取り締まりを厳しくして、やたらに発売禁止処分を出す。あの連載は、そういう国の意向を笠に着て物を言っているわけでして。
峰　で、姑の方は？
平出　はい？
峰　姑は、どんな力を笠に物を言うというんです？
平出　さあ、それはわかりませんが……
峰　私はヨソ様の力を笠に物を言ったりしませんよ。私はただ、この森家を、津和野藩の御典《ごてん》医《い》を代々務めた、由緒ある森家を守りたい一心で……
しげ　それです、森家、つまり家。多くの姑が笠に着る力。

平出、吹き出す。峰、睨《にら》む。

峰 家を守って何が悪い？　当たり前のことでしょう。

しげ さぁ、「妻である前に、まず人間でありたい」と思う女もいますからねぇ。

平出 イプセンですね。「危険なる洋書」だ。

しげ あの連載のお陰で、読みたくなってしまったんです。あれじゃ、かえって宣伝だわ。

平出 いや実際、そういう見方もできなくはない。あの連載を書いた記者は、実は政府の取り締まりに憤慨していて、意図的に贔屓《ひいき》の引き倒しを仕組んだのかもしれない。

しげ 贔屓の引き倒し？

平出 つまり、政府の言いそうなことを繰り返し書くことによって、その馬鹿馬鹿しさを強調する。結果として、危険とされた洋書を逆説的に讃えることになる。

しげ 面白い！　そのご意見、書いてもよろしい？

峰 およしなさい！　お上をおちょくったりすると、発売禁止の処分を受けるよ。

平出 いや、あくまで冗談ですから……

峰 冗談でも、ご自分の首を絞めるようなことはおっしゃらない方がいい。『スバル』は去年、発禁処分を受けたではないですか。それも、林太郎の小説が原因で。私はね、あなたに申し訳ないと思う前に、まず腹が立ちましたよ。編集、発行人のあなたが、なぜ林太郎を止めてくれなかったのかと。

平出 後悔はしていません。森先生は、政府の文芸検閲に対して、文学者としての覚悟を示された。それが、あの小説、「ヰタ《ウィ》・セクスアリス」であって……

峰 ああ、その題名は聞きたくない。林太郎は陸軍省の上官に呼び出されて厳重注意を受けたんですよ。あの子は文学者である前に、陸軍軍医総監、陸軍省医務局長という重い立場にあるんですからね。それが、卑猥な表現で風俗を乱したという恥ずかしいお叱りを受けるなんて……

しげ パッパは恥じてなんかいませんよ。やい、役人、国家は貴様にオオソリチイを与えている。威力を与えている。それは何のために与えているのだと思うんだ?

平出は笑う。峰は無言。

しげ 威力は正義の行われるために与えてあるのだぞ。ちと学問や芸術を尊敬しろ! 森鷗外「ファスチェス」より。

平出 先月、『三田文学』に発表されましたよね。

峰　だから？

平出　いや……

峰　でも、大変よくわかりました。嫁というものが、何を笠に着て物を言うのか。

しげ　……

峰　夫の権威。イプセンが聞いてあきれますよ。

峰、笑い出す。

平出　しかし、森先生は遅いなぁ……

と、廊下に出て、窓から下を見る。

峰　私だって、お上のなさることがすべて正しいなんて思っちゃいない。でも危険な考えというものは、書物を通して広がるんだから、放っておくわけにはいかないじゃないか。その証拠に、あんな恐ろしい大陰謀を企てる輩が出てきたんだもの。

しげ　恐ろしい大陰謀って？

峰　まぁ、新聞を読んでいるのかと思ったら。社会主義者が爆裂弾を製造して大陰謀を企てたんですよ。発覚してからこの数カ月、次々逮捕者が出てるんだよ。

しげ　それぐらい知ってますよ。でも、新聞は逮捕者の名前を並べ立てて騒ぐだけで、陰謀の中身は一切書かない。これじゃあどんな大陰謀か、まるでわからないじゃないですか。

峰　お上が書くのを禁じたんだよ。知らせるとかえって害になるから、秘密にすることになったんだ。

しげ　平出さんはご存じないの？

平出　え？

しげ　あなたは弁護士さんでもあるんだから、情報が入ってくるでしょう？

峰　これ、お上が秘密にしたことを、知りたがったりするんじゃない。逮捕者の名前を見れば、大方の予想はつくだろう。何せ、あの有名な無政府主義者の、ナントカカントカという男が……

しげ　幸徳秋水？

峰　そう、それが陰謀の中心にいたんだから。

しげ　だから、ますますわからない。社会主義者が出てきたり、無政府主義者が出てきたり……

峰　どれも似たようなものなのさ。社会主義即ち無政府主義即ち破壊主義ってね。

しげ　平出さん、あってます？

平出　あっているとは言いにくいですが……

峰　細かいことはともかく、大陰謀を企てて、この国を乗っ取ろうとするやつらが出てきたんだ。お上がピリピリしているときに、滅多なことは書かない方がいい。

　軍服姿の林太郎が廊下に現れる。

林太郎　待たせたね。どうしたものか、帰ろうとすると人が来る。

平出　（笑い）うちの事務所もそうですよ。

しげ　（軍帽を受け取り）パッパ、お着替え出しておきましたのに。

林太郎　茉莉と杏奴に見つかってしまうよ。ジャンにも吠えるなと命令した。（と、サーベルの革帯も外して、しげに渡す）

　林太郎、沈黙している峰を気にして見る。階段の方から、茉莉と杏奴の声。「パッパ、パッパ」と呼んでいる。

林太郎　あ～、こらこら、来るんじゃない。パッパはこれからお仕事だ。これ杏奴、階段は危ないよ。（と、階段の方に姿を消す）

平出、笑いながら廊下に出る。しげ、軍帽とサーベルを片づけてから、

しげ　茉莉！　杏奴！　（と、行こうとする）

峰　ちょっとお待ち。

と、屏風の裏に回り、鍋を持ってくる。

峰　これも頼むよ。ジャンはお腹が空くと吠えて困る。

と、箸も差し出す。しげ、憤然と受け取り、階段の方へ。

階段からは、平出が茉莉と杏奴をあやす声が聞こえている。

林太郎　何ですか、あの鍋は？（と、戻ってくる）
峰　それよりね……（と、近寄り）後でちょっと話せないかい？
林太郎　え、何か？
峰　いや、大したことではないけれど……
林太郎　じゃ、夕飯の後にでも。
峰　廊下から来るとしげ子が気づくから、散歩だと言って外に出て、裏玄関から入っておくれ。
林太郎　はい……

平出、着物の乱れを直しながら戻ってくる。

平出　いやぁ、お嬢様方の活発なことと言ったら……
峰　全く誰の影響ですやら（と、笑い）、じゃ、ごゆっくり。

林太郎、平出、峰を見送る。

林太郎　悪かったね、二人の相手をさせてしまって。困るようなことはなかったかい？

平出　いえ、全然……

林太郎　そう、へえ……

と、あまり納得しない顔で机の方へ。軍服の隠しから、半紙、銀時計、皮財布などを次々出し、所定の位置に収める。

平出は丸テーブルへ。鞄から書類を出す。

林太郎　しかし、どうも物々しい世の中になったね。昨日、帰りがけに馴染みの古本屋をのぞいたら、警官が入り込んで、人だかりができるような騒ぎでね。

平出　また差押えですか？

林太郎　ああ、社会主義関連の本を、これもいかん、あれもいかんと没収していた。

平出　古本屋も参るでしょう。毎日毎日、新たな発禁本が指定されて。

林太郎　これまで流通していたものまで、いきなり禁止になるんだから、ウチなんぞ、調べられたらえらいことになるな。

平出　全くです。

二人、笑う。林太郎、洋書を手にして丸テーブルへ。

林太郎　心配になって、書生に貸していたのを回収したよ。プルードンの『財産とは何か』だけど、読むかい？

平出　はい。（と、受け取り）フランスの社会主義者ですよね？

林太郎　うん、のちに無政府主義者になるんだけどね。こちらはロシアの無政府主義者、クロポトキン。（と、渡す）

平出　『相互扶助論』か。

林太郎　幸徳秋水はクロポトキンを翻訳しているし、思想的にはもっとも近いだろう。

平出　助かります。もう、どの図書館でも借りられない。

林太郎　あれは本当かい、『昆虫社会』という本が貸し出し禁止になったのは？

平出　はい、「社会」の二文字《ふた》が、社会主義を連想させると。まさに狂気の沙汰ですよ。社会主義者だと睨まれた者は、職場を追われていますしね。

林太郎　迫害を受ける人たちは、迫害を受けるという事実によって、ますます憎まれ、迫害される。

庭で激しく犬が吠える。

林太郎 それで、今日来た理由については、誰にも言ってないだろうね？

平出 もちろんです。奥様もお母様も、『スバル』の打ち合わせだと思われたんじゃないでしょうか。

林太郎 ならいい、勘づいちゃいないんなら。

庭でまた犬が鳴く。

林太郎 妙に吠えるね。

と、廊下に出る。窓を開け、

林太郎 ジャン、どうした？　怪しい人でも来たのかい？　これ、無駄に吠えるんじゃない。静かにおし、命令だ！

ジャン、一声あげて、静まる。

林太郎　やれやれ……（と、戻る）

平出　いませんか、誰も？

林太郎　ああ、野良猫でも見たんだろう。

平出　実は……尾行されているかもしれないんです。時々、家の周りに妙な目つきの男がいて……

林太郎　それ、まさか……

平出　巡査でしょう。変装はしていますが。

林太郎　今回の事件との関係かい？　君が弁護を引き受けることになったから？

平出　ええ、たぶん。社会主義者の弁護をしようとする者は、すなわち危険人物だという理屈らしい。

林太郎　何たることだ。すぐ内務大臣に電話を……（と、立ち上がる）

平出　先生、それは……（と、止める）

林太郎　全く我慢がならないよ、このところの桂内閣のやり方は。社会主義を恐れるあまり、かくも愚かな不自由を押しつける国が、栄えていくはずはないんだ！

平出　しかし、今抗議して、こちらの事情が詮索されますと……
林太郎　……
平出　まずいでしょう。陸軍の要職にある先生が、社会主義者の弁護の相談に乗っているわけですから。

二人の背後で、息をのむ音。振り返ると、スエが茶碗の載った盆を持ったまま、固まっている。
林太郎と平出、何となく座り直す。
スエ、丸テーブルの傍に来て、茶を出す。戻ろうとしたとき、

林太郎　待ちなさい。
スエ　（立ち止まり）……！
林太郎　ちょっと、ここへ。

スエ、丸テーブルの方へ戻る。

林太郎　今、何か聞こえただろうが……

スエ　聞こえてません。聞こえたあても、わかってません。
林太郎　そうかそうか。じゃあその、聞こえてもわかっていないことを誰にも言ってはいけないよ。約束できるか？
スエ　へえ……
林太郎　この方は文学者である一方、弁護士としても働いている。お仕事柄、秘密にしなくてはならないことが多くてね。
平出　森先生にもご迷惑がかかる。どうかよろしく頼みますよ。
スエ　へえ……
林太郎　よし、さぁ、行きなさい。

スエ、深く頭を下げて去る。

平出　新人ですね。
林太郎　来て一週間にもならんだろう。たぶん、何にもわかっちゃいまいが、後で小遣いでもやっておくよ。
平出　すいません。

林太郎　さぁ、本題に入ろう。どう進めていけばいいのかな。
平出　まず、この面倒なお願いをお引き受けくださったことに、心からお礼申し上げます。僕は社会主義も無政府主義も、皆目わかっておりませんから、先生に教えていただかないと、弁護の方針の立てようもなくて……
林太郎　よく勉強してるじゃないか。社会主義も無政府主義も、ここ五、六十年のことだから、そう難しい歴史はないんだよ。僕だって、近代思想の流れとして、あらましを知っているだけだ。君もすぐ追いつくよ。
平出　はい、そのように励みます。それで……（と、書類を出し）今日は第一回目ですので、改めてこの事件の概要をご説明申し上げます。これが被告人の住所、氏名、職業でして、起訴された順に並べてあります。
林太郎　（受け取り）増えたねぇ、何人になる？
平出　最後の者は、まだカッコに入っていますが……
林太郎　ああ、内山愚童《ぐどう》。
平出　その坊さんの起訴が決まれば、被告は幸徳秋水以下、全二十六名ということになります。
林太郎　二十六名……前代未聞だ。
平出　ええ。そもそもは、この筆頭の宮下太吉《たきち》が……

林太郎　これね、爆裂弾を作った男。

平出　彼は爆発物取締罰則違反で逮捕されたわけですが、わずか一週間のうちに、容疑は刑法第七十三条違反、つまり大逆罪《たいぎゃくざい》へと切り替えられた。爆裂弾で天皇の暗殺を企てていたと自供したからです。

林太郎　それは間違いないんだろうね？

平出　ええ、宮下は天皇制を廃止しなければ、社会主義を実現することはできないと考えた。それで、天皇の馬車に爆裂弾を投げつけ、自分らと同じ赤い血が流れる様《さま》を見せることで、天皇を神と崇《あが》める人々の迷信を打ち砕こうとしたわけです。

林太郎　それは、社会主義者というよりも、テロリストの思想だな。

平出　そうなんですが、爆弾も未完成、いつ、どこで、どうするといった計画そのものがない。まだ陰謀にもなり切れない淡い夢のようなものでして……ところが捜査当局は、これを国家転覆の一大陰謀事件と見て、無政府主義者・幸徳秋水がその首謀者であると断定した。

林太郎　それは、宮下の自供から？

平出　いえ、宮下が爆弾計画を持ちかけたとき、幸徳は相手にしなかったようです。乗り気になったのは、幸徳の内縁の妻である管野スガと書生の新村忠雄で、幸徳は「やる気がない」と除外されたぐらいですから。しかし当局は、こういう陰謀に幸徳が絡んでいないはずはないと見なして……

林太郎　見なしてか……

平出　それで、取調べもしないまま彼を逮捕したわけです。そこから、幸徳につながる人々が次々と逮捕された。例えば、この大石誠之助。

林太郎　ああ、紀州では知られたドクトルだってね。

平出　ええ。彼は一昨年上京した折、平民社に幸徳を訪ねたんですが、それが天皇暗殺の共同謀議だったと当局に見なされた。だから、紀州に帰ったドクトル大石が催した新年会、これに列席した人々がまた、共同謀議に加わったと見なされた。私が弁護を担当する、高木と崎久保《さきくぼ》が正にそれです。こういう接触がことごとく共同謀議と見なされて、逮捕者は岡山、熊本、大阪、神戸と広がっていったわけです。

林太郎　共同謀議ねぇ……？（と、改めて書類を見る）

平出　どうも不自然で、無理に結びつけた気がするんですが……

林太郎　僕が不思議に思うのは、新聞で幸徳の逮捕が報じられても、誰も逃げようとしなかったことだ。共同謀議に加わったのなら、迫る危険を感じてもいいじゃないか。それなのに、皆があまりにも易々と、自宅近辺で捕まっている。

平出 そうなんですよ。ドクトル大石は開業して、普通に患者を診てましたし……

林太郎 そのドクトルが捕まったとき、君の被告はどうだった？

平出 高木も崎久保も近所にいたのに、逃げようとした気配がありません。自分が捕まってさえ、「え、何で？」といった具合で。

二人、無言。ジャンが鳴く。

平出 先生、これは誰の目から見ても充分に立証がつくことではないでしょうか？　共同謀議は存在しない。被告のほとんどは無実であると。

林太郎 ああ、真実を求めようとする目で見るならね。

平出 裁判は、必ずしもそうではないと？

林太郎 いや、決めてかかっちゃなるまいが……

平出 僕もそこが気がかりです。被告たちは今、全員が独房に入れられて、まだ弁護士との接見も許されない。そんな中で、どんな取調べが行われているのか。判事や検事の思うままに調書が作られて、それをもとに有罪の判決が下れば、被告は死刑になるしかない。大逆罪に上告の道は残されてないんです。

平出、茶を飲む。

平出　うっ……（と、渋い顔）

林太郎　（一口飲み）これは苦い。すまなかったね。あの娘《こ》にはお茶の淹《い》れ方を教えなくては。

平出　しかし、彼女がお茶を運んでから、かなりの時間が経過しています。この苦さは、その間《かん》の冷えや蒸発によって助長されたとも考えられ、一概に彼女だけが悪いとは……

林太郎　君はいい弁護士だ。

平出　え……？

林太郎　もし人間が裁かれようとしているのなら、君ほど頼もしい弁護士はいないだろう。だが、どう思う？　今回の裁判は人間を裁こうとしているだろうか？

平出　しかし、人間以外に裁けるものがありますか？

林太郎　あるだろう。もうすでに暮らしの中で、人間以外のものが裁かれているじゃないか。

平出　そうか、書物が発売禁止になるということは……

林太郎　思想そのものが裁かれているということだ。

平出　今回の裁判でもそうなると？

林太郎　どうもそんな気がするね。被告たちは何をしたかということより、危険思想の持主だから、悪いことをするに違いないという理由によって裁かれようとしてないかい？　つまり、社会主義、無政府主義そのものに審判が下されようとしているんだよ。

平出　だったら、もう判決は決まってる。これらの思想が許されるはずはないんですから。

林太郎　そこをどう覆すかだ。

平出　じゃ、思想そのものを弁護しろと？

林太郎　それはまずいよ。君が主義者にされてしまう。

平出　じゃあ、いったいどうしろと？

林太郎　だから、それを考えるんだよ。

二人、無言。

賀古鶴所がふらりと廊下に現れる。

賀古　どうした、そろって暗〜い顔して？

賀古、ずかずかとテーブルの方へ。

林太郎、平出、見せたくない本や書類をそれとなく片づける。

賀古　いいよ、そのままで。『スバル』の打ち合わせなんだろう？

平出　ええ、まあ……

賀古　じゃあ、遠慮しないで、ほら、続けて。（と、座る）

林太郎　やりにくいよ、お前がデンと座ってるんじゃ。

賀古　何で？　いつもは俺が来たって、平気で話してるじゃないか。

平出　賀古先生、もしお急ぎのご用でしたら……

賀古　いや、そっちが終わってからでいいよ。

平出　でも、お先にどうぞ。私は奥様とも小説の打ち合わせがありますから。（と、鞄を持つ）

賀古　そうか、悪いね。夫婦そろって同じ雑誌によく書くよ。

平出　じゃ、後で。

林太郎　ああ……

賀古　平出君。

平出　はい？

賀古　弁護士の方、忙しい？

平出　ええ、お陰様で……

平出、去る。

賀古　今、ぎょっとしてただろ？　さる筋からの情報なんだが、例の主義者たちの陰謀事件ね、あいつも弁護士に決まったらしい。

林太郎　へえ……（と、机の方へ）

賀古　といっても、まだぺーぺーの若造だから、幸徳秋水とか、管野スガとか、そういう大物の担当じゃない。弁護士は総勢十一名もいるからね。

林太郎　ほう……（棚から分厚い書類を出す）

賀古　いずれ発表になるだろうが、それまでは知らないことにしといてくれよ。

林太郎　わかった……（座って書類を読んでいる）

賀古　おい、何を読んでる？

林太郎　応募脚本の審査だよ。新聞社に頼まれた。

賀古　今やらなくたっていいだろう。

林太郎　やったっていいだろう。僕ぁいつだって、息もつけないほど、用事を抱えてるんだからね。

賀古　全くお前は、雑談をしながら小説を書くようなやつだからな。だから批評家にけなされるんだ。遊び半分でやってるって。

林太郎　遊び半分とは失敬だね。僕にとってはすべてが遊びだ。（と、鉛筆で何か書き入れ）字が違ってる。

賀古　じゃあ、遊びながら聞いてくれ。ほかならぬ山縣有朋《やまがたありとも》閣下からの直々の伝言だがね。

林太郎　（さすがに読むのをやめ）……

賀古　例の懇談会は、来《きた》る十月二十九日土曜午後五時、椿山荘《ちんざんそう》にて行う。出席予定者、元老・山縣有朋、文部大臣・小松原英太郎、内務大臣・平田東助《とうすけ》、帝大教授・穂積八束《ほづみやつか》、国文学者・井上通泰《みちやす》。で、俺だろ、お前だろ、取りまとめ役として、内閣法制局長官・安広伴一郎《ばんいちろう》。なお、この懇談会は極秘につき、他言《たごん》無用。日記などにも記さぬようご配慮いただきたい。

林太郎　しかと承りました。

賀古　議題はもちろん、幸徳どもの陰謀事件だ。主に被告たちの処分に関して、山縣公に提言を行う。

林太郎　ずいぶんと気が早いね。

賀古　ロイター通信が「天皇の暗殺計画発覚！」と世界に流してしまったからね。せっかく日本の新聞がうまくぼかしておいたものを……

林太郎　国際的な通信社に言論規制をしようったって無理さ。

賀古　だからね、幸徳秋水を救おうという動きが欧米で出始めたという情報もあって、山縣公も焦っておられる。今回の裁判を機に、社会主義者、無政府主義者を根絶しようと意気込んでおられたのだが。

林太郎　しかし、あまり露骨なやり方をすると……

賀古　これまでのやり方が甘過ぎたんだ！　日本を取り巻く情勢が一層の厳しさを増す今日、幸徳一派の存在は、わが国の存立を根底から覆す危険がある。この懇談会は、山縣公の私的な諮問機関ではあるが、国会以上に国の行方を左右する陰の力になるだろう。一人の社会主義者、無政府主義者もなきことを世界に誇るにいたるまで、共に戦い抜こうじゃないか！

二人の背後で、息をのむ音。

振り返ると、スエが茶碗の載った盆を持ったまま、固まっている。林太郎、賀古は、とりあえず沈黙。

スエが茶を出し終えて戻ろうとしたとき、

賀古　待て。

スエ　（立ち止まり）……！

賀古　こっちへ来い。

スエ、戻ってくる。

賀古　今、ここで聞いたことについては……

スエ　聞こえてません。聞こえたあても、わかってません。

林太郎　（賀古に）たぶん、本当にわかっちゃいない。

賀古　すべてわかったとは思わない。だが、すべてわからなかったとも思えない。

スエ　誰にも言いません。わかってないんで、言えません。

林太郎　ああ、それでいい。こちらは賀古鶴所という妙な名前のお医者さんで、僕の学生時代からの親友だ。今は個人で耳鼻科を経営しているが、長いこと陸軍の軍医も務めた。今も陸軍との関係が深く、秘密の話が出ることもあって……

賀古　だから、俺の話は聞かないように気をつけろ！

スエ　へえ……

林太郎　出入りの卵屋の遠縁でね。身元はしっかりしてるんだよ。

賀古　生まれは？

スエ　……紀州。

林太郎　紀州……！

賀古　紀州のどこ？

スエ　……新宮《しんぐう》。

賀古　新宮！　新宮といったら、このたびの陰謀事件の、ドクトル大石の拠点じゃないか。ドクトル大石を知ってるだろう？

スエ　いいえ……

賀古　嘘をつけ。新宮で彼を知らない者はない。大石は医者をしながら、食堂を開き、西洋料理の講習会までやってたんだぞ。

スエ　私は早くに東京へ出て、ご奉公をしておりましたから。

賀古　いつだ、いつから東京に出た？

林太郎　もういい、さぁ、行きなさい。

スエ、深く頭を下げて去る。

賀古　あれは知ってる。気をつけろ。
林太郎　何に気をつければいいんだよ。
賀古　少なくとも、知らないと嘘をついたわけだから……
林太郎　恐かったんだよ、お前が。ドクトルを知ってるなんぞと言ったら、それ主義者だと捕まえかねない勢いだった。（と、また台本を読む）
賀古　また遊び出したな、このドクトルは……

しげが来る。

しげ　パッパ、まだお話は終わりませんか？　平出さんから様子を見てくるように言われました。
林太郎　終わった終わった、帰るそうだ。
賀古　帰るものか。母君のお顔でも拝んでこよう。（去る）

林太郎、鉛筆でチェックを入れながら、応募台本を読んでいる。しげ、黙って見ている。

林太郎 平出君を呼んでもいいよ。

しげ 平出さんは、今お馬さんになっています。茉莉と杏奴を背中に乗せて。私が勝手に来たくて来たの。

林太郎 そう……（と、またチェック）

しげ、林太郎から台本を取り上げる。

林太郎 こら、返しなさい。

しげ 私の質問に答えたらね。

林太郎 何だい？

しげ （何となく動き回り）……

林太郎 言ってごらん。

しげ 私たちは、これからもずっとこんなふうなの？

林太郎　え？

しげ　私、あなたと結婚している気がしない。子どもがもうすぐ三人になるのに。

林太郎　弱ったね、またその話かい？　（と、本を手に取る）

しげ　毎日あなたの帰りを待ってばかり。でも、帰るとすぐ人が来る。その人が帰ると、また次の人。その人がやっと帰ると、あなたは原稿を書き始める。私たちの時間はどこにあるの？　前の奥さんともこうだった？

林太郎　覚えてないよ。二十年も前の話だ。（もう本を読んでいる）

しげ　きっとお寂しかったんだと思うわ。だから、火鉢の火をまき散らしたりなすったのよ。（林太郎の本を取り上げ）心の中に、どれほどの悲しみを埋め込んでおられたか。

林太郎　お前さんだって二度目じゃないか。前の御亭主はよかったかい？

しげ　……

林太郎　芸者と遊んでばかりいたんだろ？

しげ　そうですよ。だから、今度こそ、遊び人じゃない人をと思っていたのに……

林太郎、もう別の本を読んでいる。

しげ　こういう遊び方があるとは知らなかった……

林太郎　（ページを繰り）……

しげ　新婚の頃がなつかしい。あなたは、まだ小倉に赴任していて、周りには遊びに出るような場所もなくて。でも、二人っきりの時間があった。あなたったら、お勤めから帰るたんびに、私の頬を両手で挟んでキッスしたのよ。覚えてる？

林太郎　（ページを繰り）……

しげ　手をつないで、田圃《たんぼ》ばかりの田舎道を歩いたわね。あなたがあんまり急かすから、洗い髪を垂らしたまんま外に出て、おかみさんたちに驚かれた。

林太郎　（急に笑い）髪をぶっさばいて歩きおる……

しげ　そうよそうよ、そう言われた！

しげ、奪った台本と本を置き、林太郎に走り寄る。

しげ　ねえ、パッパ……

林太郎　ん？

しげ　手をつないで歩きましょう。（と、手を差し出す）

林太郎　ここは田舎道じゃないんだよ。
しげ　いいの、パッパと歩きたいの！

林太郎、本を置き、しげと手をつなぐ。しげ、つないだ手を軽く振りながら、林太郎をリードして歩く。

しげ　今日ね、平出さんが帰ったら、小説の相談に乗ってくれる？
林太郎　ああ、いいけど……
しげ　じゃあ、夕ご飯が終わったらすぐね。
林太郎　あ、あったなもう一件……
しげ　え、誰か来るの？
林太郎　いや、行くんだ、こちらから。
しげ　どこに？
林太郎　いや、近所だよ。
しげ　近所って、どこ？
林太郎　すぐ帰るさ。

しげ　だから、どこ？

と、林太郎に向き合い、もう片方の手も取る。

林太郎　わかったよ、お前さんの方を先にするよ。

しげ　先にしてなんて言ってない。近所のどこ？　近所の誰？

と、つかんだ両手を強く振る。

しげ　誰よ、誰よ、誰なのよ！

林太郎　痛い痛い、爪を立てるな……

動いた拍子に、二人の視界に平出が入る。書類鞄を下げたまま、立往生している。しげ、林太郎の手を放す。

平出　すいません……

林太郎　いや、遊んでいただけだから。よし、じゃ、続きをやろうか。

と、手をさすりながら丸テーブルの方へ。平出も続く。

平出、改めて書類を広げる。

平出　それで、あれからちょっと考えたんですけれど……

林太郎　名案が浮かんだかい？

平出　いや、名案というほどではありませんが……

二人、声を潜める。しげ、去り切れないで見ている。

2

一か月後の十一月下旬、日曜日の午前中。
賀古が峰にせかされて廊下に現れる。

峰 ほら、早く奥へ、奥へ……

賀古 お母さん、いきなりどうしたんです？

峰 とり急ぎ、聞きたいことがあるんですよ。

と、賀古を丸テーブルの方へ追いやると、自分は本棚へ。

峰 え〜と、これだこれだ。

と、一冊の雑誌を抜き取り、賀古の方へ持ってくる。

峰　『三田文学』の今月号。林太郎の小説が載りましたろう。（と、ページを繰る）

賀古　ああ……

峰　「沈黙の塔」、お読みなすった？

賀古　ざっとですが。

峰　どう思われました？

賀古　まぁ、あの新聞連載の「危険なる洋書」への反論でしょうな。かなり辛辣に書いてますね。

峰　それだけ？

賀古　ひいては、昨今の文芸取締りに対しても、風刺していると言いますか……

峰　私には、どうもそれ以上のことが書かれているように思えてならないが……

賀古　と、言いますと？

峰　この、（と、ページを見せ）高くそびえる塔の中に、次々と運び込まれてくる死体ね……

賀古　ああ、パアシイ族の死骸《しがい》でしたか……

峰　パアシイ族とはいったい何です？

賀古　何でも、インドに逃げてきたゾロアスター教徒で……

峰　そんなことは聞いていない！　これは何かの象徴でしょう。いつとも知れぬ、どこかの話ということにしてあるが、この小説は今の日本を遠回しに書いたんじゃないかい？

賀古　確かに、寓意小説ではありますな。

峰　パアシイ族は仲間を殺す。特に、危険な書物を読む者を殺す。その死骸を運び込んだ塔の上で、カラスが宴会を催している。ぞっとするような光景じゃないか。

賀古　幸徳一派の陰謀事件が、暗い影を落としたからなぁ。

峰　でも、幸徳一派は殺される側のパアシイ族になりませんか？　だから、この中でおぞましく描かれているのは、あの者たちを殺そうとする側、つまり……

賀古　お母さん、考え過ぎですよ。

峰　しげ子が『スバル』に何を書くかが気になって、つい『三田文学』を読むのが遅れてしまったが、この小説の評判はどうだい？

賀古　わかりにくいというのが大方でしょうな。何が何を表しているかまで分析する人はそういない。

峰　山縣有朋公もそうかい？

賀古　さぁ、あの方は読まれたのかどうか？

峰　この件を、誰かがお耳に入れないはずはない。賀古さん、ここは本当のことを言っていただかないと困りますよ。（と、正面から見据える）

賀古　……

峰　その顔がもう白状したようなものです。山縣公は読まれたんだね。

賀古　お母さんにはかなわない。

峰　読んだら、たぶんこうおっしゃったろう。わが国の安全を守るために、幸徳一派を退治しようとする自分を、森鷗外がまるで虐殺者のように描いたと。

賀古　まぁ、戸惑っていらっしゃるのは事実です。だから、できれば森本人に弁明させたくて、それを伝えに来たんですが。

峰　だったら、ほれ、急がないと。

賀古　もう、着いたとたんにお母さんが引っ張ってきたんじゃないですか。

峰　悪かった悪かった。（と、賀古を送り出すが）あ、ちょっと待って！

賀古　え？

峰、手招き。賀古、戻ってくる。

峰　下手な言い方をすると、あれはかえって意地になるよ。
賀古　何年のつき合いだと思ってるんです。お母さんと僕が組めば、あいつは必ず説得される。これまでだって、そうだったでしょう。
峰　しかし、必ずぶり返しもきただろう。
賀古　ぶり返し……？
峰　二十年も前のことだが、留学から帰った林太郎を、ドイツ娘が追いかけて来たとき、ほら、あの、「舞姫」の、ほれ、エリスのモデルになった……
賀古　エリーゼ・ヴィーゲルト……
峰　やけにしっかり覚えているね。
賀古　彼女を帰国させるまでのあの騒ぎ、忘れられるものですか。
峰　ああ、一族総がかりで二人を別れさせ、林太郎には、すぐ赤松男爵の御令嬢をめとらせた。でも、一年足らずで離婚だよ。於菟が生まれたとたん、長男ができたからもういいだろうとばかりに林太郎は家を出て……
賀古　まぁ、エリスを引きずっていたんでしょうなぁ。
峰　だから、ぶり返しがきたと言うんです。この小説にしたって、何かのぶり返しじゃなかろうかと私は思う。だって、あの子は帰国後に「舞姫」、「うたかたの記」、「文づかひ」を発表してこの方、二十年も小説は書かずにいたんですよ。

賀古　軍医として忙しい時期でしたよ。日清、日露の戦いもあったし。

峰　でも、評論や翻訳は続けていた。小説だけ決して書こうとしなかったんです。ところが、去年いきなり復活した。『スバル』、『三田文学』、『スバル』、『三田文学』……もう私が読み切れないような勢いで。あなた、これをどう見ます？

賀古　はて、ぶり返しと関連づけますと……？

峰　ええい、じれったい。軍医として最高の地位に就いたからです。陸軍軍医総監、陸軍省医務局長という、輝かしい立場を手に入れた。だから、もういいだろうとばかりに、少しずつ、少しずつ……

賀古　ぶり返っていたと。

峰　ああ、あの子の小説は、陸軍軍医総監から、遠い方へ遠い方へとなびき出してはいないだろうか？

賀古　しかし、なぜ？　エリスの場合はわからなくもないですが、念願の地位に就いたのに、ぶり返る必要がありますか？

峰　私にもわからない。陸軍省での立場を危うくするようなものを、なぜわざわざ書くのだろう？

賀古　とにかく、本人と話してきます。
峰　ああ、頼みますよ。（と、賀古を送り出すが）ちょっとお待ち！
賀古　何ですか……

峰、手招き。賀古、戻ってくる。

峰　大変なことを忘れていた。下にはあの、しげ子がいる。せっかくの日曜日に、しげ子を差し置いて林太郎と話し込んだら、どんな悶着が起きることか。
賀古　もうそこまでになっていますか。
峰　全くあの女は、ほどほどにとどまるということを知らない。林太郎の真似をして小説を書き出してからというもの、私はしげ子が何を書くかまで、目を配らなければならなくなって……
賀古　この時節、検閲官は忙しい、か。
峰　冗談ではないんですよ！　しげ子はいよいよ妙なものを書こうとする気配があり、先月も林太郎には注意しておいたんですが、まだ発表には至らないようで……

二人の背後で、息を飲む音。振り返ると、箒とはたきを持ったスエが固まっている。

スエ　聞こえてません。聞こえたあてもわかってません。

峰　え……？

賀古　ああ、それでいい。ところで、下はどんな様子だ、ご主人様と奥様は？

スエ　御苑に菊を見に行かれるとかで、お支度をなさってます。

峰　御苑で菊見！

スエ　その後、外でお食事をされるそうで、お嬢様たちも大喜びでお支度を。

賀古　これはいけない、急がなければ。

峰　ああ、菊見をシャレ込んでいる場合ではない。（と、廊下へ）

賀古　あ、お母さんはいいですから……（峰を追う）

スエ、掃除を始めようとして、丸テーブルにある雑誌に気づく。手に取って、ページをめくる。

スエ　（たどたどしく音読）どこの国、いつの世でも、新しい道を歩いて行く人の背後には、必ず……（読み方に迷い）はんどう、しゃ？　の群がいて隙を窺《うかが》っている。

廊下に現れた永井荷風、その様子を見ている。原稿の入った風呂敷包を手にしている。

スエ　そして、ある機会に（読めない部分を飛ばし）……迫害を加える。ただ口実だけが国により時代によって変る。危険なる洋書もその口実に過ぎないのであった……ふうっ。（と、ため息）

荷風　（拍手して）Bravo! Très bien!

スエ　……！

荷風　よくそんなものを読むね。さては文学女中だな？

スエ　文学女中？

荷風　新橋に有名な文学芸者ってのがいるだろう。文学を愛する粋な芸者ね。だから、文学女中がいたっていい。

スエ　あの、あなた様は……？

荷風　その雑誌、『三田文学』の編集長だよ。永井荷風、聞いたことない？

スエ　さぁ……

荷風　そうだろうね。小説家なんぞというものは、小さな世界の住人なんだ。

スエ　旦那様にご用ですか？

荷風　ウン、ここで待つようにと言われた。下はいささか取り込み中でね。

スエ　ああ……

荷風　どうぞ、かまわずお掃除を。

スエ　せぇけど……

荷風　いいんだよ。僕はここから、移りゆく秋の姿を見ていよう。

と、廊下の窓を開ける。

スエ、荷風の気取り方がおかしくて吹き出す。

荷風　（振り返り）……？

スエ、はたきをかけ始める。

荷風　その小説は全部読んだの？

スエ　え？

荷風　鷗外先生の「沈黙の塔」。
スエ　いえ、たまたまそこが開《あ》いてたんで。
荷風　何だ、偶然か。
スエ　せぇけど、奥様から聞いていました。旦那様が大層なことを書かれたと。
荷風　ほう、どんな？
スエ　ようわからんけど、あの事件について書かれたとか……
荷風　そう、言論、思想の弾圧と絡めて、幸徳秋水たちの方を被害者として描いた。君が今読んだところなど、痛烈だよ。つまり、幸徳一派は新しい道を行く人。それを迫害する政府は、反動者だと言い切ったようなものだから。
スエ　反動者って？
荷風　歴史の流れに逆らって、進歩を阻《はば》もうとする人さ。
スエ　へえ……
荷風　この事件については、多くの文学者がおかしいと感じながら、沈黙を守っている。ここまで書いたのは、森鷗外をおいてほかにない。政権の内部にいる森先生にとって、どれほど勇気の要ることだったたか……
スエ　せぇけど、パアシイ族なんですよね？

荷風　まぁ、たとえとしてね。
スエ　そういうたとえで書かれてても、私《わし》などにはわかりにくうて……
荷風　あれ、全部読んでるじゃないか？
スエ　いえ、ここでお掃除をするたんびに、ちょっと覗いてみただけで。
荷風　隠すなよ、かなり興味があるんだろ？
スエ　そんな、全然……
荷風　いや、断定する。君はやっぱり文学女中だ。（と、雑誌を持ってスエに近寄り）だったら、このページも読んでみてくれないかな？　「紅茶の後」っていう連載で、僕がその時々の思いを書いてるんだけどね……

外出着のしげが来る。

しげ　スエ！　茉莉と杏奴の面倒を見ておくれ。せっかく着替えさせたのに、思わぬ邪魔が入ったんでね。お余所《よそゆ》行きに飴玉なんかくっつけないよう、そばで見張ってくれないか。
スエ　へえ。

と、箒とはたきを持って去る。

荷風　これはまたお美しい……

しげ　ありがとう。でも、どんなにめかし込んでみたって、お出かけできるかは知れません。この家《うち》は、ふいの来客がどうしてこうも多いのか！

荷風　すみません。先生にこの校正刷《こうせいずり》をお渡ししたら、僕はすぐ引き上げます。何なら、お預けしたってていいが。

しげ　いてくだすってかまいませんよ。どうせ、あの耳鼻科医が帰るまで、私は待たなきゃならないんですから。

荷風　では、喜んでお相手しましょう。

しげ　ああ、ムシャクシャする！　ああ、腹立たしい！

と、屏風の端を乱暴に畳むと、その陰に積み重ねてあった座布団の上に座る。

しげ　こんな恰好で失礼しますよ。もう七ヵ月になりますから。

荷風　ああ、どうぞお楽に。

しげ　何か面白いお話はなくって？

荷風　面白い話ねぇ……

しげ　新橋の八重次《やえじ》さんでしたっけ、あの文学芸者さんとの恋の行方は？

荷風　ああ……（と、深いため息）

しげ　そのご様子は、いよいよ深みにはまったとか？

荷風　あの女は、こちらの都合もかまわずに押しかけてくるくせに、僕が会いたいときには決まっていない。今日だって、この長い日曜日を僕はどう過ごせばいいのか……

しげ　面白い！　恋に苦しむ殿方を見ると、本当に気持ちがせいせいするわ。

荷風　ひどいことをおっしゃいますね。

しげ　だっておかしいもの。つい先月は、やっぱり新橋芸者の富松《とみまつ》さんに、振られて苦しんでいなすったのに。

荷風　振られてよかった。富松に振られたからこそ、八重次に慰めてもらえたわけで……

しげ　来月の新しい恋人は誰かしら？　やっぱり新橋芸者さんかな？

荷風　いや、ここ当分は八重次でしょう。何しろ八重次とは文学の話ができる。こんな芸者は初めてで、僕は百年の知己を得たような気がした。彼女自身が踊りの道を究める芸術家でもありますし、とにかく、分かり合えちゃうんだよなぁ……

しげ　いいのかしらねぇ。慶応大学の先生が、芸者にうつつを抜かしていて……

荷風　八重次とどんな夜を過ごそうと、僕は誰よりも朝早く慶応の門をくぐる。ご推薦くださった森先生を裏切るようなことはいたしません。

しげ　でも、芸者さんを相手にする限り、ずっと苦しまれると思うわ。あの厳格なお父様が結婚を許されるはずはない。

荷風　僕自身、八重次との結婚は望みません。「結婚は二個の生物《せいぶつ》の醜悪なる生存」だとモーパッサンは言っている。「芸術家は普通の人の受けるべき幸福を受けようと思ってはならない」と、フローベールは言っている。

しげ　あ〜あ、また危険なる洋書だわ。

荷風　僕は恋の喜びを日常に葬《ほうむ》りたくはないんです。宵闇《よいやみ》に八重次を待つ喜び、八重次と料理屋の暖簾《のれん》をくぐる喜び、八重次の目に燃えるような欲望を見る喜び、こういう刹那の喜びが、僕を文学へと駆り立てる。書き残そう、この美しい瞬間が消え滅びてしまう前にと……

しげ　……

荷風　あ、いけなかったかな？

しげ　パッパも、そういう恋をしたんでしょうか？　あなたと同じぐらい若い日に。

荷風　さぁ、森先生は女性に淡泊ですからねぇ……
しげ　しらばっくれて！　「舞姫」という小説が、まさにそれではないですか。パッパはエリスとの美しい瞬間を永遠の中に書きとどめた。そして、今はこの私と「二個の生物の醜悪なる生存」を行っているわけです。
荷風　いや、そういうふうに考えてしまうと……
しげ　あなたが教えてくれたのよ。私、いっぺんにわかってしまった。そう、私たち醜悪なる生存をしているの！
荷風　奥様、お身体に障りますから……
しげ　私は毎日癇癪を起して、パッパを苦しめている。いけないとは思うんだけど、いったん怒りに火がつくと、もうどうにも止められない。でも、昔の私はこうじゃなかった。森鷗外と結婚してから、私はこうなったのよ！
荷風　それは、森先生より、そのお母上との関係が……
しげ　ええ、私はあの姑に怒っている。でもたぶん、姑を通して森鷗外に怒っている。だって、本心がどこにあるのか、とってもわかりにくいんですもの。あの人は、誰にも心の内を見せない。一緒にいればいるほど、どういう人だかわからなくなる。だから、怒りをぶつけたくなる。私は森鷗外という巨大な迷路にさまよい込んでしまったの。

荷風　僕などは、その迷路をさまようのが楽しいけどなぁ。鷗外先生がわかりにくいのは、芸術家としての心がとらえたものを、科学者としての頭脳が検分しようとするからでしょう。あれは、何事に対しても寛容で、公平で、冷静であろうとする、真に知的な態度であって……

しげ　じゃあお聞きしますけど、小説によって、自分の妻をこらしめようとすることが、真に知的な態度でしょうか？

荷風　え、何のことだか……

しげ　またとぼけて！　去年、あの人が二十年ぶりに発表した小説のことですよ。「半日」という題名の。

荷風　ハンニチ……？

しげ　一日の半分、半日！　ある日のわが家の出来事を描いた、暴露的な小説です。

荷風　ああ、よく覚えてはいませんが……

しげ　パッパの小説復帰第一作がどんなものかと、私は首を長くして待った。そして、届いた『スバル』を開けてみると、そこには荒れ狂う私自身の姿が……

荷風　終わったことです。忘れましょう。

しげ　ほらやっぱり、よく覚えていらっしゃる！

荷風　いや、気にされるほど、奥様は悪く書かれていません。

しげ　じゃあなぜ、忘れろなどと言うんです。鷗外は初めての口語体を使って、私がどんなにひどい言葉を放ち、どれだけ自分の母をいじめ、自分を苦しめているかを執拗に描いた。自分の妻を醜悪な生物として、永遠の中に書きとどめたんです。あれが発表された後、人の私を見る目といったら……

荷風　奥様がどんなに傷つかれたかは、先生もわかっておられます。今後はあの作品を封印して、全集にも入れないと誓ったではないですか。

しげ　でも、あの人が私をどう描いたかは、この胸に刻まれている。あの人がどんなに優しくしてくれても、私はつい胸に刻まれた文字の方を読んでしまう。

荷風　先生も、身を切る思いであれを発表されたのですよ。ああでもしなければ、奥様がわかってくれないと思って……

しげ　どんな事情があろうとも、復讐は復讐を呼ぶだけです。私は今、「一日」という題の小説を書き始めていて……

荷風　一日？

しげ　そう、半日の二倍です。鷗外と私の偽らざる一日が描けたらと思っています。

荷風　……

しげ　パッパに告げ口してもよくってよ。

林太郎が上がってくる。

林太郎　やれやれ……ああ、いらっしゃい。
しげ　賀古先生とのお話は終わって？
林太郎　いや、あれが厠《かわや》に立ったんで、その隙《すき》に逃げてきた。
しげ　じゃあ、まだご用は済まないの？
林太郎　なに、大した用事じゃない。こちらの打ち合わせが終わったら、みんなでさっさと出かけてしまおう。
しげ　じゃ、菊見に行けると思っていいのね？
林太郎　ああ、パッパはそのつもりだよ。

しげ、荷風に微笑んで去る。

林太郎　来月号の校正刷が上がったって？

荷風　はい、ぎりぎりになってしまって。（と、風呂敷をほどいて、原稿を渡し）明日にでもまた取りに参ります。

林太郎　いやいや、それには及ばない。さっそくに、やっつけてしまおう。

と、机の方へ。ペンを手に取り、原稿を読み始める。

荷風、もの言いたげに見ている。

林太郎　どうだい、毎日の三田通いは？　もうだいぶ慣れたかい？

荷風　はい、授業の準備と『三田文学』の編集に追われて、芝居小屋ともご無沙汰です。

林太郎　お父上も、多少はホッとされたんじゃないか？　あの放蕩息子が、今や慶応義塾の文学科主任教授なんだからね。

荷風　いいえ、かえって心配しています。お前のような遊び人に習う学生が気の毒だと。

林太郎　（笑い）傑作だね。でも、われながら君を推薦したことが得意でならない。これで慶応の文学科も早稲田に対抗できるようになる。今に『三田文学』は、『早稲田文学』の発行部数を追い抜くよ。

荷風　しかし、早稲田は何と言っても自然主義文学の牙城ですから。自然主義の勢いが止まらない限り、早稲田の勢いも……

林太郎　（校正の手を止め）あんなニセモノ、自然主義でなぞあるものか。どこに自然の事実の客観的な観察がある。ただ己の私生活を恥ずかしげもなく告白するだけで、エミール・ゾラの唱えたものとは程遠い。ああいう連中は、西洋の思想をありがたがって輸入しては、すぐ糠味噌《ぬかみそ》臭くしちまうんだ。そんなものをもてはやす日本の文壇も罪深いよ。

荷風　（苦笑して）……

林太郎　いかんいかん、ムキになった。

と、校正に戻る。荷風、本棚を見渡している。

林太郎　だからね、僕は君に期待している。君はアメリカ、フランスと五年間も海外にいたのに、西洋かぶれじゃないからね。

荷風　ただ遊んでいただけですが、本物の西洋文明に触れてしまうと、真似しようという気はなくなります。まがい物になるだけだ。

林太郎　（校正の手を止め）僕も全くそう思った。本当に西洋に学んだ者は、日本の文化もより深く理解するようになるんだよ。去年、君が次々と放った作品は、その見事な結晶だ。

日本人が、日本の風物が、西洋的な感覚をもって描かれながら、なお豊かな情緒を醸し出す。あの早稲田の自然主義の連中でさえ、文学の功労者として、第一に永井荷風を挙げたじゃないか。僕は愉快でならなかったよ。

荷風　（苦笑して）……

林太郎　いかんいかん、ムキになった。（と、校正に戻る）

荷風　……やっぱり先生は不思議だなぁ。

林太郎　え？

荷風　いえ……

林太郎　うちの奥さんみたいなことを言うね。

二人、無言。林太郎、作業を進めている。

荷風　先生……

林太郎　ん？

荷風　奥様の書かれる小説は、先生が手を入れてらっしゃるんですよね？

林太郎　ああ、おかしな文章は直したりもするけれど、内容には干渉しないよ。そこを変えたら、彼女の小説ではなくなってしまう。

荷風 じゃ、気に入らないことを書かれても、そのままになさるということですか？

林太郎 うん……

荷風 もしもですよ、先生ご自身のことをひどく書かれるようなことがあったら？

林太郎 我慢するしかないかなぁ。

荷風 そんな……

林太郎 だって、「半日」という作品で、こっちが先にやっちゃっただろう。その罪滅ぼしもあって、僕から書くように勧めたんだ。自分で自分を天下に訴えてごらんってね。

賀古が廊下に現れる。

賀古 おい、まだ終わらんのか！

林太郎 ああ、下でお茶でも飲んでろよ。

賀古 いい。ここで待つ。

荷風 あの、ナンでしたら原稿はお預けして……

林太郎 いいのいいの、もうすぐだから。

賀古　これは教授、お久しぶりです。
荷風　ああ、どうも。
賀古　（テーブル上の『三田文学』を手に取り）『三田文学』の今月号、少し読ませてもらったよ。主任教授になったとたん、文芸雑誌まで始めるとは、君もなかなか忙しいね。
荷風　森先生が文学科の顧問ですから、まぁ何とかやっています。原稿依頼も、森先生のお名前を出せば、皆さん断りにくいようですし。
賀古　でも、金は慶応が出してんだろ？　赤字が続くと文句を言われたりしないかい？
荷風　まだ第七号ですが、売れ行きは順調に伸びています。森先生の新作は、今『スバル』と『三田文学』がほぼ独占状態ですからね、それが何とも心強い。
林太郎　永井君と平出君が小説家森鷗外を甦らせてくれたのさ。
賀古　だからね、つい僕は心配してしまうんだ。順調にすべり出したとたん、発禁処分を食らったりすると、雑誌の存続そのものが危うくなったりするからさ。
林太郎　後で聞くよ、その話は。
賀古　いや、『三田文学』のためにも、今編集長に聞いてもらいたい。こいつは先月号の小説で、政府の文芸検閲を批判した。今月号の「沈黙の塔」では、幸徳一派を英雄扱い。その上、編集長の君までが連載の随筆で……

荷風　はい、検閲がこれ以上ひどくなるなら、日本語を捨てると書きました。英語、ドイツ語、フランス語で信じる意志を発表すると。

賀古　どうしてそんなふざけたことを書く？　僕は才能ある君たちが書けなくなることを、本気で心配してるんだよ。どうか、当局を刺激するようなことは避けてくれ。発禁処分を受けないうちに。

荷風　僕は去年、反社会的、頽廃的な男女の享楽を描いたと、立て続けに発禁処分を受けました。でも、勝手にやれよと思った。僕も勝手に書くからと。少なくとも、当局を批判する気にはなれなかったんです。政治的な発言は、どうも性に合わなくて。でも、今はもう、この国はどこへ行くのかと、そればかりが気になって……

賀古　その気持ちはよくわかる。だが、今は言論の自由をあえて犠牲にしてまでも、社会主義、無政府主義を根絶しなければ……

荷風　僕のどこが社会主義？　どこが無政府主義なんだ？　僕は、ただ男女の間に起きることを……

賀古　頼む、もうちょっと健全なものを書いてくれ。不道徳なものはすべて、危険思想につながるんだよ。

林太郎　できた！　さぁ早く、これを持って逃げなさい！

と、荷風に原稿を渡しにいく。

荷風　僕が住むだだっ広い父の屋敷は、市ヶ谷監獄署の裏手にある。今、その監獄に幸徳秋水と仲間たちがつながれている。僕は昔、彼らに全く興味がなかった。だが今は窓を開け、目の前の獄舎に彼らの影を見ようとする。囚われの心を想像する。僕がこんなふうになったのは、何のせいだと思いますか？

荷風、原稿を持って去る。

賀古　さぁ、軍服に着替えてこい。
林太郎　なぜ？
賀古　山縣公を訪ねるんだよ。お前の口から弁明しろ。
林太郎　弁明はおかしいだろう。パアシイ族の話なのに。
賀古　それで済むと思ってるのか？　山縣公は怒っておられる。
林太郎　ちょっと考えさせてくれ。今日は菊見に行くんだから。

賀古　取り返しのつかないことになってもいいのか？

庭から茉莉と杏奴のはしゃぐ声。

混じってジャンの吠える声。

林太郎、窓辺に近寄り、覗いてみる。

賀古　先月の懇談会でもう結論は出ているのに、なぜ小説で蒸し返す？

林太郎　俺は賛成しなかった。その思いを書いただけだ。

賀古　だが、反対もしなかっただろう。それを今さら……

林太郎　裁判で決めるべきだと言った。裁判が始まる前に結論を出すのはよくないと。

賀古　そんなこと、俺は聞いた覚えがないぞ。

林太郎　言ったんだよ。ただ、山縣公が立て続けに咳をして、聞こえにくくなってしまった。

賀古　ああ、激しく咳き込まれたが、あのときか？

林太郎　まぁ、俺の声も小さかった……

庭から、パッパと呼ぶ茉莉の声、杏奴の声。

林太郎　今日は菊を見に行きたい。山縣公には明日会うよ。
賀古　明日じゃ駄目だ。山縣公の性格は、よく知っているだろう。
林太郎　でも、今日は……
賀古　子どもたちが可愛いなら、なぜ危険な真似をする？
林太郎　俺は社会主義、無政府主義を弁護しようとしてるんじゃない。裁判は公正に行うべきだと言いたいだけだ。
賀古　じゃあ山縣公に直接言え。そこまでの覚悟があるなら、俺だって反対しない。

またパッパと呼ぶ茉莉と杏奴。ジャンの鳴き声。笑い声。

林太郎　軍医になどなりたくなかった。研究室で、顕微鏡を覗いていたかった。町医者として父のように生きてもよかった。あのとき、母上とお前が軍医になれと勧めなかったら……
賀古　森家の長男として、ほかに選ぶ道があったか？　軍医にならずにドイツに留学できたと思うか？

林太郎　わからない。でも……

賀古　軍医になったら、お前は出世を望んだじゃないか。どうしても陸軍軍医の最高の地位につきたいと、俺に相談を持ちかけてきた。それには山縣公のお引き立てに与《あずか》るしかないと、二人して計画を進めたんだ。それを忘れてもらっちゃ困る。

しげが現れる。

しげ　パッパ、茉莉と杏奴がもう待ちきれないと言ってますよ。

林太郎　ああ……

しげ　まだお話は終わりませんか？

賀古　いや、もう結構。じゃ、下で待ってる。（と、去る）

しげ　下で待ってる？

林太郎　実は、急用ができて……

しげ　行けなくなったの？

林太郎　君たちは行ってきなさい。おいしい物でも食べたらいい。

しげ　嫌よ、パッパが行かないなんて！

林太郎　すまないが、しょうがないんだ。
しげ　嫌よ、嫌々、パッパと行く！
林太郎　これ、子どもじゃないんだから……
しげ　あんなに前から約束したじゃないですか！　ずるいわ、そんなの。裏切り者！
林太郎　裏切り者……
しげ　裏切り者に違いないじゃないですか！　これからは、ずっとそう呼んでやる。裏切り者！　裏切り者！

林太郎の耳に、もう一人、ドイツ語で囁くの女の声が聞こえてくる。

女の声　Verräter（裏切り者）　Verräter　Verräter　Verräter……
林太郎　（茫然とその女の声を聞き）……
しげ　パッパ、どうしたの……？
女の声　Verräter　Verräter　Verräter　Verräter……
しげ　パッパ、大丈夫？

林太郎、まだ低く囁く女の声を聞いている。

3

翌月、十二月二十四日の夕方。

丸テーブルの周りには、六人分の椅子が用意されている。

その近くには、食器を置いた台。少し離れたところに、火鉢。


大きな樅《もみ》の木を、荷風が運んでくる。

その後ろから、十能《じゅうのう》を持った峰。荷風、よろけながら、屏風の前に用意された木鉢に、樅ノ木を挿し込もうとする。

峰は火鉢の方へ。十能から炭火を継ぐ。丸テーブルには、飾り物の入った大きな籠。

荷風　（作業を終え）これでよろしいでしょうか？
峰　はい、結構。ちょうど来てくださすって、助かりました。

荷風　じゃ、僕はまた日を改めて……
峰　もう林太郎も帰りますよ。夕飯前に、クリスマスの飾りつけがありますから。
荷風　でも、いたらかえってお邪魔じゃないですか。
峰　なに、やることはいくらもある。その天辺にこれを飾ってもらえませんか？

と、丸テーブルの籠から、大きな星を出す。

荷風　ああ、はい……

と、受け取り、樅の木の方へ。丸テーブルの椅子を引き寄せて上がり、飾りつけを始める。
峰は、ツリーの飾りを次々出して、丸テーブルに並べる。

荷風　そうか、森先生のお宅では、毎年こういうことをなさるんですねぇ……
峰　娘たちを喜ばそうと最近始めたことですが、私はどうもキリシタンのお祭には馴染めない。
キリスト教は二百年来、日本じゃ禁止されてきたというのに。
荷風　これはまた古いことを……

峰　古いったって、林太郎が子どもの頃には、まだご法度だったんですからね。国元じゃ、津和野の乙女峠《おとめとうげ》というところにキリシタンを監禁するお寺があって、長崎の浦上《うらかみ》から隠れキリシタンがたくさん送られてきたんですよ。どうしても信仰を捨てようとしない者たちは、そこでひどい責め苦にあって、何人もが亡くなったと聞きますよ。

荷風　へえ、森先生から聞いたことはないけれど……

峰　林太郎の通った津和野藩の学校は、乙女峠に近かったから、何かを見たりはしたでしょうね。でも、決して話しはしなかった。家族の誰もが、そういう話題は避けたんです。ただ、乙女峠の方から風が吹くと、すぐに雨戸を閉めたわね。鞭《むち》の音や悲鳴まで風が運んでくるような気がして……

荷風　(星を落とし)あ……

峰　まあ……

荷風　すいません、乙女峠の話を聞いたら、どうも手に汗が……

と、椅子から降り、ハンカチで手を拭く。

峰　まぁ、繊細でいらっしゃること。

荷風　何だか、今の僕のことのようで。僕の家は幸徳秋水たちがいる、市ヶ谷監獄の裏手ですから。

峰　ああ、そうでしたね。

荷風　父も母も弟も、決してそれを話題にしない。ただ違うのは、あえて避けているのではなく、そもそも関心がないってこと。それがまた僕を苛《さいな》む……（と、また星を持って椅子に乗る）

峰　それで……編集長さんにお聞きしたかったんだけれども、今月号の林太郎の小説ね……

荷風　「食堂」ですか？

峰　ええ、評判はどうなんでしょう？　本人は言わないんで。

荷風　う〜ん、どうも誤解されているようで、いい批評が見当たらないが。

峰　へえ、私は先月の「沈黙の塔」より、よほどいいと思うけれど。

荷風　僕も全く同感です。

峰　最初はね、ちょっとドキっとしたんですよ。また幸徳一派のことを書いているって。しかも、今度は……

荷風　役所の食堂で、直接話題になるという設定ですからね。

峰　でも、幸徳一派に肩入れするわけじゃなく、食堂にいる三人の男の関係がなかなかうまく書けていて……

荷風　そう、あの無政府主義者を悪く言う下品な男、あれは政府を象徴している。それから、「毒にも薬にもならない事を言う」若い男、あれは言論統制でますます愚かになっていく、わが国民の姿だなぁ。

峰　えっ……

荷風　そして、二人の男にあれこれ聞かれて、しぶしぶ説明する知識人。これがまさに森先生の立場を代弁しているわけで……

峰　でも、その男は知識を披露するだけで、政府に批判めいたことは……

荷風　言ってますよ。言論の自由は大事なこと。無政府主義を恐れるあまり、書物の発売禁止が手広く行われるのは嘆かわしいと。

峰　もちろん、政略上已《や》むを得ない場合のあることは、僕だって認めていますと、こうつけ加えてもいたわね？

荷風　……

峰　まぁ、林太郎も少しは学んだということですよ。

荷風　ですが、この作品の眼目は食堂の描写にあると僕は思うんです。食堂が必要以上に汚いでしょう？

峰　汚い？

荷風　「雨漏りの痕《あと》が怪しげな形を茶褐色に画《えが》いている紙張の天井」、「濃淡のある鼠色に汚れた」壁、「硝子というものの透き徹《とお》る性質を全く失っている」硝子窓……

峰　陸軍省の食堂は、そんなに汚かったかねぇ？

荷風　ですから、これもある種の寓意小説なんですよ。この食堂の汚さは、学問や論理を軽んじて、妄想や迷信に支配される政府のおぞましさの例えとして……

峰　いやいや、思い出したが、陸軍省の食堂は本当に汚かった。

荷風　いえ、たとえそうだとしても……

峰　この小説が、寓意でなんぞあるものですか。「沈黙の塔」で、誤解を受けたようだから、人物それぞれに発言させて、誰にも肩入れしてませんよと、作者の立場を示したんです。

荷風　じゃあ、どうして食堂があんなに汚いんですか？

峰　本当に汚いんだから仕方あるまい。

荷風　寓意です。例えですよ。

峰　もし寓意なのだとしたら、あまりにも腰が引けすぎていて、寓意の役目を果たしていない。私は寓意だと認めません。

荷風　（また星を落とし）あ……

峰　まぁ、不器用なんだわねぇ……

荷風、椅子から降りて星を拾う。

軍服にコートの林太郎、ショールを羽織ったしげ、こっそりと廊下に現れる。それぞれ、リボンのついた紙包みを持っている。

峰　おや、お帰り！

荷風　お邪魔してます。

林太郎、しげ、そろって人差し指を口に立て、「シーッ」のポーズ。

林太郎　裏口から入ってきたんですよ。

しげ　玄関で、茉莉と杏奴が見張ってますから。

林太郎　こっちの準備が整うまで……

しげ　見つかったら困ります。

峰　わかったわかった、大げさだね。

しげ　ああ、冷えた。日本橋でそろうかと思ったら、パッパが神保町の本屋に回るって言い出すんですもの。

と、火鉢の前へ。手をかざす。

林太郎は、コートを脱ぎ、机の方へ。軍服の隠しから、いろいろな物を出し、所定の位置に収める。

峰　ご苦労だったね。いいものがあったかい？
林太郎　はい、茉莉にはバーネットの『小公子』。杏奴には三越で西洋人形を。
峰　それは喜ぶだろう。で、於菟には？
林太郎　は？
峰　於菟にプレゼントはないのかい？
しげ　於菟ちゃんは、もう大学生じゃないですか。
峰　大学生は、何かもらっちゃ悪いのかい？　於菟はこの家の長男ですよ。
林太郎　於菟には、あの……別に、あります。
峰　別にある？　え、どこに？

林太郎　ですから……（と、机の抽斗《ひきだし》を示す）

峰、机の方へ。抽斗を開けて見る。林太郎は止めようとするが、峰はリボンのついた包みを、しげにも見えるように取り出す。

しげ　パッパ、いつの間《ま》に！

林太郎　この前、丸善に寄ったら、いい万年筆があったから。

峰　それでこそ父親だ。ひと安心しましたよ。（と、視線をしげに向けてから）じゃ、ここはお任せして、私は台所を見てこようか。（と、去る）

荷風、また椅子に乗り、星をつけようと試みている。

しげ　パッパったら、万年筆のこと、言っといてくれたっていいのに。

林太郎　今の今まで忘れていた。

しげ　嘘！　私が反対すると思ったんでしょ？

林太郎　本当に忘れていたんだよ。

しげ　あの人、今すごく得意そうだった。私に恥をかかせたから。
林太郎　あの人と言うのはよしなさい。いつになったらお母さんと言えるんだ。
しげ　だって、あの人は……
荷風　あっ……（と、また星を落とす）
林太郎　何を手こずっているんだい？
荷風　（椅子を降り）いいえ、自分で解決します。
林太郎　どれ、貸してごらん。
荷風　いいえ、こうなったら何としても自力で……
林太郎　いいけれど、用があったんじゃないのかい？
荷風　用は特には……
しげ　八重次さんがいないんだわ。そうじゃなくて？
荷風　ああ……（と、深いため息）
しげ　寂し過ぎる。イヴに恋人がいないなんて……（笑う）
林太郎　これ……（と、しげを諌め、荷風に）まぁ、火鉢に当たってなさい。飯でも食っていったらいい。

荷風、素直に火鉢の前へ。

しげ　（茉莉と杏奴への贈り物を持ち）パッパ、これは座布団のところに隠しておくから、忘れないでね。（と、屏風の裏へ）

林太郎　はいはい、さてと……

と、飾り物を持ち、樅の木の方へ。飾りつけを始める。

しげ　（屏風から出てきて）でも、八重次さんとは、喧嘩したわけじゃないんでしょう？

荷風　ええ、つい先日も一緒に自由劇場へ。

林太郎　へえ、何を観た？

荷風　ゴーリキーの『夜の宿』を。

林太郎　ああ、観たかったんだ。小山内君が演出のね？

しげ　よかったの？

荷風　……

林太郎　駄目だったか？

荷風　ものすごく……よかった……

林太郎　がっかりしたように言うんだねぇ。

荷風　実際、がっかりしたんです。僕にはとても書けないと。ゴーリキーがあれを書くに至るまで、どれほどのことが彼の身に起きたのか。ゴーリキーは、生きた人生を見て、見て感じて、その上でなければ書けなかった。その点、日本の作家は偉いものです。人生を見ずして、平気で人生を書くのだから。魔法使いかペテン師か……

林太郎　おお、いきなり耳が痛いね。

荷風　作家だけが悪いんじゃない。『夜の宿』に出てくるような人物を描きたくても、まず日本には見当たらない。あれほど深い絶望も、苦悶も反抗心も日本人は抱かない。あれほどに自由を求める心もない。日本の貧しい人々が、夜の宿に集まっても、言い合うことは知れている。こうなったのは前世の因縁だから仕方ねえ。来世はよく生まれてこようや……

林太郎　全くだ。鶏が先か卵が先か……どっちかが変わらなければなぁ。

荷風　すみません、先生を前にこんなことを……

しげ　でも、作家が先に変わるのは無理じゃなくて？　作品を出す前につぶされてしまうわ。

荷風　だからと言って、遠回しに遠回しに、何を書いたかわからなくなるまで遠回しに書いていると……

林太郎　（何かを感じて）……

しげ　それ、パッパのこと？

荷風　いや、一般論としてですが……

しげ　難しいわね。私みたいに大したことを書かない作家は、遠回しにする必要すらないのに……

風呂敷包みを下げた、平出が現れる。

平出　メリー・クリスマス！

しげ　よかったわ。ちょうど暗くなっていたところなの。

平出　いや、実は僕も相当に暗い……

林太郎　どうした？

平出　今日の公判で、裁判長が被告側の証人申請をすべて却下したんです。

しげ　すべて？

平出　被告人に有利になるような証言が、一つでも出ちゃ困るんでしょう。ここまで露骨に検事の言い分を通すとは思わなかった。

荷風　（突然激し）今頃何を言ってるんだ！　そんなこと、とっくにわかっていたじゃないか！

皆、驚いて荷風を見る。

荷風、火鉢から離れ、皆に背を向けて椅子に座る。

平出　納得できないなぁ、この言われ方は……

荷風　……

平出　この裁判が始まって以来、僕が連日どんな思いで霞ヶ関に通いつめていると思ってる？　……そんなふうに言われたくないなぁ。特に、新橋方面で遊んでいる人に。

しげ、困って林太郎を見る。林太郎は何食わぬ顔で、飾りつけに専念している。

平出　え？　今度はダンマリか？

しげ　たぶん、平出さんと同じ思いでいるのよ。だから、辛くなって、つい当たっちゃったんだわ。ねぇ、パッパ？

林太郎　ああ……

しげ　でも、私はあんまり驚かなかった。裁判が始まった日に、いきなり傍聴禁止になったでしょう。開廷したとたん、傍聴人も新聞記者も追い出して秘密裁判にしたって聞いて、そのとき驚いたものだから、もうこういうことには慣れてしまって……

平出　新聞が、全く問題にしませんからね。公《おおやけ》の秩序と安全のためには、秘密審議もやむを得ないと書くばかりで……

しげ　それは、幸徳一派の真似をする人が出てくると困るから？

平出　というより、「天皇が命を狙われた」と書かれてしまうと、天皇制の権威に傷がつくと考えたんでしょう。それに、この事件が官憲のでっち上げであることを見抜かれたくないんですよ。検事総長が、あらゆる新聞記者を自分の部屋に呼び込んで、「どうか書いてくださるな」と、いちいち頭を下げたそうですから。

荷風　ああ、日本人は不真面目だ！　肝心なことにおいて、ことごとく不真面目だ！

平出　ヤケになるな。真面目に考えている日本人もいる。

荷風　真面目な奴はだいたい無能だ。

平出　何だとぉ……

荷風　言ってみろ。この日本において、真面目が不真面目に勝ったことがあるか？
平出　投げやりなことを言うな！
荷風　じゃあ、この不真面目な俺に勝ってみろ！
しげ　パッパぁ……

と、助けを求める。荷風、平出もつられて林太郎の方を見る。
林太郎、そ知らぬ顔で、飾りつけに熱中している。
皆、何となく勢いをそがれる。

林太郎　え、何か言った？
平出　いや、別に……
林太郎　それより、しげ、歩き回って疲れたんじゃないかい？　下で少し寝転がっておいでよ。
茉莉と杏奴の見張りも兼ねて。
しげ　パッパ、一人で飾れるの？
林太郎　ああ、パッパはドイツ仕込みだ。
しげ　じゃあ、そうしよう。何だか、急に疲れてきた。

しげ、荷風と平出に軽く会釈して去る。

平出　さあ、お前も早く新橋に行け。

荷風　あれ、お前は何しに来た？

平出　え……

荷風　その形《なり》は大審院から直接ここに来たんだろう？　森先生に、裁判の報告でもしてるのか？

平出　まさか！　『スバル』の相談があって……

荷風　でも、完全に弁護士面《づら》だぞ。

平出　そういちいち顔が変わるか！

荷風　野暮だねぇ。クリスマスイヴに『スバル』の相談……

平出　お前は何しに来たんだよ。

荷風　俺はイヴにふさわしく、一人の悩める青年として……

平出　聞きたくない。早く新橋に行ってくれ。

荷風　どうせだから、裁判の話を聞かせろよ。今、何が審議されてる？

平出　秘密裁判である以上、詳しいことは言えないよ。
荷風　もう弁護士の弁論は始まったのか？
平出　いや、二十七から二十九までの三日間だ。俺は二十八日が出番になる。
荷風　もうすぐじゃないか。準備はできてるんだろうな？
平出　そりゃ、もちろん、それなりに……
荷風　でも、証人申請が却下されたって、今あわててたじゃないか。それはお前、読みが浅かったということだろ？
平出　いや、読みというより……
荷風　だから駄目なんだよ、真面目な奴は！　検事も裁判長も、真面目にやろうとなんてしていない。もう判決ありきで動いているってのに……
平出　だからと言って、こちらまで不真面目にやるわけにはいかない。どんな場合においても弁護士は、人間としての被告が正当に裁かれるよう、丹念に真実を立証していくしかないんだ。
荷風　そんなチマチマしたことで、大きな嘘に対抗できるか！　もっと、どでかいことを考えろよ。テキの意表を突くような！
林太郎　永井君……

荷風　はい？

林太郎　新橋に行きなさい。

荷風　はい……

荷風、二人に頭を下げ、去る。

林太郎　まぁ、証人の件は残念だったが、かえって迷いが吹っ切れたんじゃないかい？　あのデタラメな予審調書を証人尋問で覆《くつがえ》そうったって、そう簡単にはいかないよ。こうなったら、いよいよ思想論に的を絞って、検事の立論の欠陥を暴いてみせるしかない。これなどは、歴史が証人なんだから、反論のしようがないさ。

平出　そうですね。「無政府主義は窮極の自由を実現するために、必ず現在の国家組織を破壊する」という検事の断定をまず覆す。

林太郎　そう、無政府主義は時と所と人により一様ではないということをくどいようでも、丁寧に伝えないとね。日本で最高の教育を受けた検事や判事が、まるでわかっちゃいないんだから。

平出　ええ、ロシアのような専制国家に生まれた無政府主義と、イギリスのような自由の下に育った無政府主義、ドイツ、フランスの無政府主義との違いも例にあげようと思います。

林太郎　それがわかりやすいだろう。暴動を必要条件とする無政府主義があったとしても、それが即ち日本の無政府主義であるとは言えないことを徹底的に証明する。で、次に……

荷風が戻ってくる。

荷風　すいません、先生に聞き忘れたことがありまして……

林太郎　何？

荷風　先生は子どもの頃、キリシタンの弾圧を見たことがありますか？　さっきお母様から聞いたんです。

林太郎　ああ、でも、もう忘れちゃったなぁ。

荷風　忘れちゃった……

林太郎　十歳までは津和野にいたんだけど、よく覚えてないなぁ。

荷風　わかりました。どうも……

荷風、すっきりしない顔で去る。

平出　変な奴だなぁ……

林太郎　今のね……使おうか？

と、立ち、ツリーの方へ。また飾りつけを始める。

平出　使うとは？

林太郎　弁護にだよ。キリスト教も無政府主義と同じように、かつては危険なものとして禁じられていたわけだから。でも、その同じ国が、今じゃクリスマスに興じている。

平出　なるほど、そういう変化の例証として。

林太郎　新しい思想というものは、古い思想に満足できなくなったとき、その欠陥を補うように入り込んでくるものだ。それを危険思想として押しのけても、いつか知らず、この社会の欠陥を見出して、そこに根を張り始める。

平出　欠陥というのは、つまり……

林太郎　貧しさ、不平等……

平出　ああ、「危険思想」と言われるものの出発点は常にそこだ。

荷風、また戻ってくる。何かを探している様子。

平出　何だよ！

荷風　星をつけ忘れたんだよ。

と、床に転がっていた星を見つけ、ツリーの方へ。

荷風　（すぐつけ終え）全く、さっきの苦労は何だったんだ。じゃ、これで……（と、行こうとする）

林太郎　君、大丈夫かい？

平出　酔ってるわけじゃないんだろ？

荷風　気持ちが不安定なだけですよ。今日はクリスマスツリーがことさら僕を刺激する。日本人は、見境なく西洋文明を輸入しながら、西洋の思想だけは、取り入れようとしないんだ。そのことが、急に不思議に思えてきて。

平出　え、西洋の思想だって、大いに取り入れてるじゃないか。

荷風　そんなのは上っ面だ。日本を包む空気は、立憲政治の今でさえ封建時代と変わらない。目に見えない東洋的な何物かが、人間の意志の自由、思想の解放を取り込むことを阻むんだ。だから、俺に言わせりゃ、無政府主義も社会主義も取り締まる必要なんてない。日本人が西洋の近代思想を生きようったって、どだい無理な話なんだよ。

平出　おい、何が言いたい？

荷風　いや、別に。失礼しました。（去る）

二人、茫然と荷風を見送る。

平出　……すみません。僕が謝るのも変ですが。

林太郎　今ね、聞いててふと閃《ひらめ》いたんだが……

平出　は？

林太郎　いや、これは禁じ手というか、法律の専門家から見たら、さぞいけないことなんだろうけど……

平出　何でしょう？

林太郎　弁護士がね、自ら自分の被告を侮辱してしまうんだよ。こいつらは、西洋の近代思想を全然理解していない。だから、無政府主義者でも、社会主義者でもありはしないと。

平出　これはまた過激な……

林太郎　しかし、あながちウソでもないだろう？　幸徳やその側近はともかく、そのほかの被告たちは無政府主義や社会主義の何たるかが、わかっているとは思えない。

平出　確かに、社会主義の本などは一冊も読んだことがなく、何かを聞きかじっただけの者が多いですね。僕担当の高木など、親鸞に帰依《きえ》していて、念仏で社会主義を実現すると本気で言ってますからね。それが予審調書では、ことごとく革命家に仕立て上げられているんだから。

林太郎　だから、そこを突いて、こう言ってみてはどうだ？　本当の革命家なら、無政府主義万歳を唱えて潔《いさぎよ》く死につくはずである。ところがこの被告たちは、予審調書が違っていると、びくびく言い訳ばかりしている。つまり、彼らには無政府主義者としての信念がない。従って、有罪とするのは甚だしい誤りだ。

平出　きわどいなぁ……

林太郎　不真面目な審議に対抗するには、弁護側もこれぐらい不真面目にやった方がいいかもしれん。

平出　それ、真面目に言ってます？

林太郎　ああ、真面目なる不真面目のススメさ。今、裁判の流れを変えることができなければ、
　被告たちは間違いなく……

平出　……

しげがテーブルクロスを持ってくる。その後から、燭台を持った峰。
しげは丸テーブルにテーブルクロスをかけ、六人分のフォークとナイフを並べ始める。峰、テーブルに燭台を置く。

平出　じゃ、そろそろ……
林太郎　ひとつ、考えてみてくれたまえ。
平出　（思い悩み）……
林太郎　（問いかけるように見て）……

平出、返答はしないまま、去る。

峰　さてと、もう於菟を呼んできてもいいかい？

林太郎　ああ、いいでしょう。

林太郎、燭台の蠟燭《ろうそく》に火をつける。

スエ、大きな鍋を持って現れ、食器置き場の台の方へ。

台の上に鍋を置く。

林太郎　おお、いい匂いがする。

峰　シチウというものだそうですよ。味見をさせてもらったが、私はとんとわからない。（と、去る）

林太郎　精養軒から取り寄せたのかい？

しげ　いいえ、スエがこしらえたの。そんなこと、しなくていいって言ったのに。（と、去る）

林太郎　西洋料理ができるのか！

スエ　へえ、ちょっとだけ……

林太郎　驚いたねぇ、これは……（と、鍋の蓋を取って覗く）

スエ　あの、よかったらお味見を……（と、小皿に一匙すくって渡す）

林太郎　（一口なめ）これは、本格的な……

スエ　ドクトル大石のシチウの味です。

林太郎　ドクトル大石……？

スエ　ドクトルは、太平洋食堂という食堂もやってて、西洋料理の講習会に私《わし》は姉と通いました。これは、そこで覚えた味なんです。どうしても今夜、先生に味わってもらいたくて……

林太郎　じゃ、君は……

スエ　新宮にいた頃は、家中《うち》でドクトル大石のお世話になりました。病気になっても、ドクトルの硝子戸をトントントンと三度叩いたら、ただで診察してもらえた。トントントンは、貧乏な人たちが、お金がないと言わんでも済むように、ドクトルが考えた合図なんです。そういう人が、何で今捕まったあるんか、どうしてもわからん。

林太郎　（鍋から離れ）……

スエ　先生、ドクトルを助けてください。先生は、あの裁判の弁護の相談に乗りやる。その上、なぜか処罰の相談にも乗りやる。どっちの相談でもかまんから、先生、ドクトルを助けてください……

言い置いて去る、スエ。

林太郎の耳に、遠く、風に乗って、キリシタンの祈る声が聞こえてくる。蘇る鞭の音、悲鳴。
林太郎、身体を縮めてしゃがみ込む。
しげが、パンを盆に載せてくる。

しげ　パッパ、どうしたの？

林太郎　……

しげ　パッパ、大丈夫？

林太郎、まだ風の中で唱えられる、記憶の声を聞いている。

4

翌年、一九一一年（明治四十四年）一月十八日の夜。
障子はすべて閉まっている。その向こうから、スエの声。

スエ　奥様！　いらっしゃいますか？

スエ、障子を少し開けて覗き、

スエ　奥様、お休み中ですか？

スエ、座敷に入って、屏風の裏を覗いてみる。しげはいない。
戻ってきて、火鉢の前へ。火箸で炭火の具合を整える。

廊下の窓から、雪が降っているのが見える。
往診用の鞄を持った賀古が現れる。

賀古　いないのか？
スエ　さっきまでここで、小説を書いていらしたはずなんですが。
賀古　小説！　もうすぐ臨月だろう。
スエ　先生も無理はするなとおっしゃるのですが、奥様は大傑作が生まれそうな予感がすると、ますます張り切っていらっしゃって……
賀古　大傑作など生まなくていい。女はまず丈夫な子を産まないと！
スエ　はい……
賀古　母上が熱を出していらっしゃるというのに、嫁としても至らないことこの上ないねぇ。
スエ　お部屋に戻られたのかもしれません。見て参りましょうか？
賀古　いいよ、来たって役に立たないんだから、休ませておきなさい。母上の容体《ようだい》については、森の帰りを待って伝える。
スエ　先生は遅くなられるかもしれません。今夜は上野の精養軒で、文学者の方々との集まりやそうですから。

賀古　なに、あいつは飲めないんだから、そろそろ退散してくるさ。ここはいいから、母上のそばについていなさい。
スエ　はい。（と、下がろうとする）
賀古　そうだ、これは読んだかね？　（と、懐からチラシを出す）
スエ　え？
賀古　新聞の号外だよ。今日の夕方、ついに陰謀事件の判決が出た。

賀古、スエにチラシを渡す。スエ、少し離れたところへ行って読む。

賀古　全被告二十六名のうち、二十四名が死刑。残り二名は有期懲役。まあ、妥当なところだろう。

スエ、力が抜けたように膝をつき、そのまま顔を床に伏せる。

賀古　ドクトル大石も、哀れと言えば哀れだが、大逆の罪を犯したんだから仕方あるまい。

階段の方から物音と人声。スエ、去ろうとして障子を開ける。
そのとたん、酔った荷風の半身を背負った林太郎が倒れこんでくる。荷風は勢いで、そのまま床に寝転がる。
林太郎は軍服にコート、荷風は外套を着たまま。
スエ、障子を閉めて去る。

賀古　いい気なもんだ。母上が熱を出しておられるというのに。
林太郎　今、会ってきたよ。だいぶ楽になったと言っていた。
賀古　俺の薬が効いたんだ。
林太郎　ああ、助かるよ。
賀古　咽頭炎による発熱で、かなり体力を消耗している。よく養生させて、入院騒ぎにならぬようにしてくれよ。

荷風、突然奇声をあげる。

林太郎　ついでに、この酔っ払いも何とかならんかね？

荷風　志賀直哉のバカヤロー！　武者小路実篤、死ね〜っ！

賀古　ほう、白樺派の連中と喧嘩でもしたのかい？

林太郎　ああ、白樺派の連中も自然主義を嫌っているので、それなら『スバル』や『三田文学』と合同で、反自然主義の雑誌を出さないかともちかけたんだが、まぁ、簡単にお流れとなったわけだ。

荷風　だったら飯を食う前に断れ！　食っちゃってから断るな！

林太郎　平出君が司会をして、意見をまとめようとしたんだが……

賀古　じゃ、平出君は、裁判所から直行かい？

林太郎　ああ、だいぶ疲れていたようで、最後は感情的になっていたな。武者小路君と言い合いになってしまって。

荷風　無理もない。命がけの弁論の末に、あんな判決が出たんだから……（泣き出す）

林太郎　おい、風邪をひくぞ。（と、自分のコートをかけてやる）

荷風　僕は、白樺派の連中が許せない。あいつらは、この裁判をまるで他人事《ひとごと》のように眺めている。今日、日本の思想と言論の自由に死刑の判決がくだったというのに、自分たちの問題とはとらえていない。どこかの凶悪犯の話として、酒の肴にするだけだ。ここには、世の中のすべてのことを軽く見て、その成り行きにまかすという、極めて日本的な態度がある。不真面目だ。根本的に不真面目だ……

三人、しばらく無言。

賀古　さて、母上の様子でも見てこよう。症状が落ち着いているようだったら、そのまま帰るよ。

林太郎　ああ、ありがとう。

賀古、往診鞄を持って去る。
林太郎、廊下の窓から外を見る。雪が激しくなっている。

林太郎　激しい降りになってきたなぁ。君も遅くならない方がいい。

荷風　すみません。誰より不真面目なのは、この僕です。僕はもう、自分を信じることができなくて……

林太郎　もう今日は帰りなさい。僕もこの原稿の序文を書かねばならないのでね。

と、棚から原稿を出し、読み始める。

荷風　先生、僕は慶応に通う道すがら、市ヶ谷の通りで何度か囚人馬車を見かけました。五、六台も連なって大審院へと向かっていく、幸徳たちを乗せた馬車です。

林太郎　（原稿から目を上げ）……

荷風　この馬車を見るたびに、僕は言うに言われぬ厭な心持になりました。これがもしフランスなら、文学者たちは決して黙っていないでしょう。ゾラは、スパイ容疑で軍事裁判にかけられたユダヤ人の大尉を救うため、大統領あてに公開質問状を出したではないですか。そのために、彼は亡命しなければならなくなった。あれは、フランスにおいてさえ、無謀なことであったはずです。それなのにこの僕は……

林太郎　フランスには、ゾラに続く人々がいた。ゾラを支持して湧き上がる世論があった。これ即ち十八世紀に市民革命が起きた国の文化だよ。だが、ここは、つい四十年前までチョンマゲを頭に載せていた国だ。隅田川がいきなりセーヌ川になろうとしたって、歴史が許しちゃくれないんだ。

荷風　でも、もし先生がある人物に直訴したら……

林太郎　……

荷風　この国を実質的に動かしている人物に、先生が被告の助命嘆願をしたならば、事態は変わってこないでしょうか？

林太郎　何と突拍子もないことを……

荷風　そうでしょうか。この国では、司法の独立性など建前に過ぎない。特に今回の事件は事実上、捜査段階から行政が主導権を握っていた。その背後で指揮をとっていたのは、現内閣の後見役、先生とも近しい山縣有朋公であって……

林太郎　そんな噂もあるようだが、日本はそこまでデタラメな国じゃない。

荷風　先生、今日の判決をもうずいぶん前からご存じだったんじゃないですか？　そのために、苦しんでおられたのではないですか？

林太郎　まさか……

荷風　あの判決は、裁判が始まるより前に、山縣公とその側近が決めたことではないのですか？　裁判官は、それに従って被告たちに死刑の判決を……

林太郎　そんなことは、あってはならない！　そんなことは、あり得ない！

荷風　そう、先生はそう思われた。そして、一人で悩んでおられた。

林太郎　……

荷風　このところ、僕は不思議に思っていたんです。先生は、いったい誰に向けて小説を書いておられるのだろうかと。「沈黙の塔」も、「食堂」も、一般読者には極めてわかりにくい小説です。ただ、ある特定の人物には、なぜパアシイ族の話にしたのか、なぜ食堂があんなにも汚いのか、たちまち読み解けるのではないでしょうか？　なぜなら、その当人、山縣有朋公こそが、このように社会を支配する権力者であり、寓意によってしか、批判できない相手であり……

林太郎　……

荷風　先生、「食堂」は妙な終わり方をしましたね。あの小説の批評性にばかり気を取られて見落としていたんですが（と、本棚を見回し）、最後の方で若い男が突然、「主義者たちは死刑になりたがっているんだから、死刑にしない方がいい」と言い出すでしょう。

林太郎　言い出しゃしないよ。そう言う人がいるがどうなのかと、彼はただ聞くだけで……

荷風　（『三田文学』の先月号を見つけ、開く）すると、主義者に批判的だった男も同調する。死にたがっているんなら、長生きさせるがよかろう。死刑にすると、献身者として崇められてしまうからと。

林太郎　実際、そう言って笑った奴がいたんだ。

荷風　それを受けて、先生の分身と見られる男は、殺された西洋の主義者たちの名をあげる。ラヴァショル、ヴァイヤン、アンリ、カゼリオ……そして、こう結ぶ。「随分盛んに主義の宣伝に使われているようですね」

林太郎　いや、実際そうだから……

荷風　先生、これは山縣公に向けて放った爆裂弾でしょう？　まともな理屈では、もはや幸徳たちを救えない。そこで先生はやり方を変えた。主義者を殺すと、かえってその宣伝になるぞと脅しをかければ、山縣公は恐怖にかられ、考え直すのではないかと……

林太郎　いやはや、何を言い出すやら……

荷風　あと一押しです。山縣公は、もう相当に脅えていると思いますよ。陸軍軍医総監として会う森林太郎は、どこまでも従順で微笑みを絶やさない。その同じ人間が森鷗外になったとたん、自分だけを狙い撃ちするかのように密かに銃口を向けてくる。幸徳を殺すな、思想を殺すなと見えない弾丸《たま》を撃ち込んでくるんですから。

林太郎　（笑い出し）いや、大した想像力だ。もしそうだったら、俺も捨てたもんじゃないんだが、残念ながら、そうではないねぇ。

荷風　先生は、政権の内部にいる方です。でも、内部にいる改革者、抵抗者だと僕はこれまで信じてきました。今、先生にしかできないことがある。どうか日本の知性を、言論と思想の自由を死なせないようにしてください。

荷風、去る。

林太郎、少し火鉢に当たっていたが、机の前へ。

水差しから硯《すずり》に水を落とし、墨をすり始める。

次に、抽斗から半紙を出し、筆立てから筆をとり、一気に書き始める。

だが、すぐに書き損じて、丸めて捨てる。新しい半紙にまた書き、また書き損じて捨てる。これを繰り返した後、筆を置いて立ち上がり、サーベルをつけて、コートを着る。

障子が開き、賀古が現れる。

賀古　どこへ行く？

林太郎　……

賀古　おい、どうしたんだよ？

林太郎　被告たちを助けたい。今から、山縣公に直談判する。

賀古　あの酔っ払いにけしかけられたのか？

林太郎　俺自身の考えだよ。今やっと決心がついた。

賀古　忘れたのか？　明日には、天皇の名において恩赦が与えられる。十二名もの被告が死刑から無期懲役へと減刑になるんだぞ。

林太郎　だが残りの十二名に恩赦はない。幸徳も、管野スガも、ドクトル大石も殺されるんだ。
賀古　あいつらまで許してしまったら、何の見せしめにもならんだろう。
林太郎　見せしめだと？
賀古　これは、わが国始まって以来の、天地を揺るがす大陰謀なんだ。あいつらは、天皇暗殺を企てた上に、役所や富豪の邸宅に火を放ち、掠奪を行って、日本中を大混乱に陥れようとしていた。すべては、自白と証拠において、すこぶる明瞭なところじゃないか。
林太郎　ああ、拷問と誘導でそういうことにしてしまった。デタラメな予審調書とデタラメな裁判で、そういうことにしてしまった。これが、もしまともな裁判だったなら、死刑になるべき被告など一人だっていやしない。
賀古　今になって、何を言う！　取調べも裁判も、大日本帝国の法律に則《のっと》って厳正に行われた。あれほどの逆徒たちを人並みに裁判にかけてやったんだ。もう充分じゃないか。
林太郎　そんな言い分が通用するのは国内だけだ。すでに欧米諸国はこの秘密裁判に疑いの目を向けている。日本は、無政府主義者、社会主義者を撲滅するために爆弾事件を利用したと、欧米の新聞や団体から、盛んに抗議が来ているじゃないか。
賀古　それが何だ！　わが大日本帝国は、万世一系の天皇が治める神の国である。欧米などとは成り立ちの異なる、特別な国柄だ。平気で国王の首をはねる者どもに、天皇の尊厳がどうして理解されようか。外国の手前ばかり考えて、建国の精神を忘れてどうする！

林太郎　だから、それは通用しない。もしあの判決が実行されれば、思想の自由を重んじる欧米から、完全に反感を買ってしまう。日本が遅れた野蛮な国だと言われていいのか？

賀古　そんな反感は一時《いっとき》のことだ。それより幸徳一派を生かしておく方が、どれだけ日本の発展の妨げになるか。あいつらは日露の開戦に際しては、「多数の人民の不幸になり、不利益になる」と、臆面もなく反対した。昨年の韓国併合についても、「朝鮮人民の自由独立、自治の権利を尊重すべきだ」などと言ってのけた。日本が西洋列強と互角に渡り合っていこうとする今、奴らは日本を内部から蝕む病原菌だ。同情している場合じゃない。

林太郎　同情じゃない。自分のしたことが恐ろしいんだ。今回の判決は、裁判が開かれるより前に、あの秘密の懇談会において決められた。その参加者である、俺もお前も、幸徳たちの処刑に手を貸したことになるんだぞ。

賀古　俺たちは、金で動いたわけじゃない。自分の良心と理想にかけて判断したんだ。何も疾《やま》しいことはない。

林太郎　ではなぜ日記に書けない？　家族にも、友人にも話せない？　これは、墓場まで持っていかなくてはならない秘密なんだろう？

賀古　お前ほど頭のいい人間に、なぜこんな理屈がわからない？　国家には秘密にしなければならないことがある。わが国及びわが国民の安全の確保のために、保護しなければならない秘密は、どうしたって出てくるんだ。

林太郎　ボロはもう出かかってるよ。三日前、外務省がこの裁判への誤解を解いてもらおうと、外国向けに通知を出した。その文章が、今日の判決とそっくりだった。なぜ三日も前に、政府が判決の内容を知っていたのかと、日本の新聞も騒ぎ出した。

賀古　そんなものは、恩赦の発表でかき消される。明日は十二名が死刑になることより、十二名が救われたことが、国民的な話題になるだろう。天皇陛下を暗殺しようとした者を、ほかならぬ陛下ご自身が救うのだ。この陰惨な事件は、最後に天皇の宏大なる慈悲の心を示して幕となる。山縣公は小山内薫なんぞより、よほどすぐれた演出家だと思わんか？

林太郎　どんなに言いつくろっても、無実の者が殺されることに変わりはない。その殺人に俺とお前が手を貸していることも。

賀古　嫌な言い方をしないでくれよ……

林太郎　俺は、日清、日露の戦《いくさ》に軍医として従軍した。おびただしい遺体を見た。だが、その中に俺の殺した者はいない。俺は常に医者として、命を救う側にいた。今回、はじめて人を殺すことになる。いっぺんに十二名も。

賀古　やめろ！　俺たちは、ただ黙っていただけだ。積極的に賛成したわけじゃない。

林太郎　そうだ、俺たちはただ黙っていた。そういう中で、フランス料理を食いながら、殺人の話が進んでいった。俺一人の発言で、止めることはできなかったかもしれない。だが、反対を表明することはできたはずだ。法治国家にあるまじき行為だと、フォークを投げて立ち去ることも。その決着を、今つけてくる。

と、改めて行こうとする。

賀古　おい、この次から気をつけるというんじゃ駄目か？

林太郎　この次から？

賀古　だって、変だよ、今から行ったら。お前だってわかるだろう？

林太郎　……

賀古　もう寝てるよ、あの方は。それが寝間着のまんま起きてきて、「何だい」と問い返す目に、じわじわと疑惑がひろがっていく。あの顔だよ、あの方が脅えながら攻撃的になっていくときの、あのいや〜な表情だ……

林太郎　……

賀古　見たくないだろう、あの顔を。そもそも、あれを見るのが嫌で、何も言えなかったんじゃないか。

林太郎　いや、今予習したので大丈夫だ。（行こうとする）

賀古　お前、よく恥ずかしくないな。「沈黙の塔」の件でお訪ねしたとき、お前は何と釈明した？

林太郎　……

賀古　これはパアシイ族の話であって、日本の話ではありません。もちろんこの中に、山縣公はいらっしゃいません……

林太郎　やっぱりいましたと言ってやるよ。あのとき言えなくてすいません。みっともなくてすいませんと。この次なんて待ってられるか。（行こうとする）

賀古　お前、俺を見捨てるのか！　お前を何とか山縣公に近づけようと、月に一度の歌会を思いついたのは、この俺だ。そして、お前は狙い通り、歌好きの山縣公に気に入られた。お前が出世の階段をのぼり出したのは、そこからじゃないか。

林太郎　ああ、その恩を忘れたわけじゃない。

賀古　じゃあ、ここで俺を裏切るなよ。この懇談会のことだって、山縣公から誘いがきたときには、名誉なことだと喜んでいたはずだぞ。

林太郎　懇談会は当初、政治、経済、文学の総合雑誌を出版するためのものだったはずだ。だが、幸徳一派の逮捕が始まると、会の目的は少しずつ変わっていった。気がついたら、もう俺は秘密組織の一員だ。主義者たちの処分をめぐって、人に言えない相談をするたびに、抜けたいと言い出しにくくなっていった。だから、自分にこう言い聞かせた。お前がいるから、歯止めになっている。お前の睨みも、いくらかは効いている。いざとなったら、言えばいい。まだそのときじゃない……もうとっくにそのときを過ぎていたというのに。

賀古　お前は大事な局面で、よくそういう揺れ方をする。でも、そのたびに俺と話し合い、打開策を見つけてきた。これまでの道のりに後悔はないだろう？

林太郎　さあ、どうだろう……

賀古　もしあのとき、エリーゼ・ヴィーゲルトを選んでいたら、今の幸せがあっただろうか？陸軍省からは追い出され、親族からも見放されて、ドイツの路頭で物売りでもしていたんじゃないか？

林太郎　でも、別の幸せがあったかもしれない。よくこの頃、そう思う。忘れていたはずの、彼女の声まで蘇ってくる。だから、今度は違う道を行くよ。

賀古　行ったって、山縣公が受け入れるはずはない。お前が馬鹿を見るだけだ。

林太郎　そうとは限らんだろう。俺は秘密を握っているわけだから。

賀古　山縣公を脅すのか？

林太郎　お前は知らない方がいい。

賀古　やめてくれ！　頼む、この通りだ。（と、土下座）母上は、今高熱にうなされておられる。お前がそんなことをしたと知ったら、命に関わることになる。

林太郎　……

賀古　せめて、今日ひと晩待ってみないか？　明日になっても決心が変わらないなら、俺ももう止めないよ。

賀古、立ち上がり、廊下に出る。

賀古　俺はこの通り便利なだけの男だから、お前の才能をまぶしく見てきた。そのうち、自分には果たせそうにない夢を、お前に託そうとする癖がついてしまったのかもしれない……でも、お前を男爵にしたかった。貴族院議員になる姿を見たかった。

賀古、去る。林太郎、火鉢にかじりつく。

林太郎　男爵……貴族院議員……

林太郎、疲れ果てたように屏風の方へ。
屏風の端を折りたたみ、裏にあった座布団の上に倒れ込む。

林太郎　こがね髪　ゆらぎし少女《おとめ》　はや老いにけん　死にもやしけん……文通が途絶えて、もう何年になるだろう。元気にしているかい？　幸せになっているかい？

林太郎、半身起き上がって、一枚の座布団を抱きしめる。

林太郎　悪かった。君との誓いを守ることができなかった。生きている限り謝る。許してくれ、エリ……

と言いかけたとき、丸窓の障子がいきなり開かれ、廊下からしげが覗く。不意打ちを食らい、反射的に飛び退く林太郎。

しげ　すいませんね、エリスじゃなくて……

しげ、臨月の迫る身体でだるそうに窓をくぐり、座敷に入ると、すぐさま火鉢の方へ。持っていたノートと鉛筆を置き、火鉢にへばりつく。

しげ　う〜、冷え切った、う〜……

林太郎　え、いつからいたの？

しげ　パッパが帰ってくるずっと前から。

林太郎　なぜそんな寒いところに……？

しげ　小説を仕上げるためですよ。来月この子が生まれたら、それどころではなくなってしまう。

林太郎　何て無茶な、せめてもっと暖かいところで……

しげ　こがね髪　ゆらぎし少女《おとめ》　はや老いにけん　死にもやしけん……暖かいところで書いていたら、こんな言葉が聞けたでしょうか？

林太郎　じゃ……

しげ　ええ、鷗外の実像に迫るために、窓の障子を細く開け、外から聞き耳を立てていた。この二十分ほどの間に私はどれほどのことを聞いただろう。今夜は少し、あなたという人の謎が解けたような気がする。

林太郎　……

しげ　それで、パッパ、どうするの？　山縣公のところには行くの、行かないの？　小説の結末はそれによって変るんですけど。

林太郎　いったいどういう小説なんだ？

しげ　「一日」という題名です。

林太郎　一日？

しげ　そう、半日の二倍です。姑の嫁いじめから始まって、「危険なる洋書」へと話は移り、さらに様々な出来事を経た深夜、富子の夫は山縣公のもとへ行くのか行かないのか……

林太郎　そんなことを聞いてしまって、よく平気でいられるね。

しげ　妻としては、あなたに行ってほしくない。でも、どこかに小説家としての私がいて、別の結末を書きたがってる……

林太郎　別の結末……

しげ　娘の頃、貸本屋からよくあなたの小説を借りてきた。小説を読むのは禁じられていたから、仕立物の中に忍ばせて、お針子さんたちの部屋で読んだ。中でも「舞姫」が大好きだった。私は、エリスの恋人、太田豊太郎《おおたとよたろう》に、その頃からもう恋をしていたの。

林太郎　豊太郎は、立身出世のためにエリスを捨てた。そんな男のどこがいい？

しげ　私が繰り返し読んだのは、豊太郎がエリスを裏切る予感に怯えるところ。立身出世を選ぼうとしながら、豊太郎は自分を罪人《つみびと》のように感じていた。雪の激しく降る道を豊太郎は死人のように蒼ざめて歩き、躓《つまず》いて倒れるたびに、衣服は裂けて雪と泥にまみれ、いつの間にか帽子も失い……恋人を捨てる罪の意識で、ここまで乱れる男性を日本の小説で読んだことがなかったの。尾崎紅葉も幸田露伴も好きだったけれど、森鷗外が書く男性は、ひときわ人間的な魅力をたたえていて、いつかこういう人と巡り会えたらと願った。だから、パッパと見合いをすることになって本当に驚いた。そして、十八も年上のその人を目の前にして、少しも夢破れることはなかった……でも、何にもわかってなかったわね。さっき、パッパの声を聞きながら、やっと本物の鷗外に出会ったと思った。私、前よりパッパが好き！

しげ、林太郎を抱きしめる。

しげ　かわいそうに、エリスと一緒になっていたら、こんな苦しみはなかったでしょうに。

林太郎　彼女を捨てたのは俺自身だ。どんなに家族が反対しても、陸軍省にいられなくなっても、彼女との誓いを貫く意志があったなら……そうしなかったのは、俺自身だ。

しげ　でも、エリスがうらやましい。未だにパッパの心を独り占めしているんですもの。

林太郎　彼女が恋しくて思い出すんじゃない。エリスという名は、俺の弱さ、俺の狡《ずる》さの証なんだ。とうとう帰国することになり、横浜から船に乗るとき、彼女はまじまじと俺の顔を見つめた。微笑を浮かべてはいたが、その目は俺という人間についての最後の印象を伝えていた。この、裏切り者……エリスとは、俺の内部に棲みついて、そう囁く声なんだよ。

しげ　……

林太郎　さて、行ってくるか。お前さんと話したら、何だか元気が出てきたよ。

しげ　でもパッパ、ひどい雪よ。

林太郎　なに、まだ馬で行ける。

しげ　私も一緒に行っちゃ駄目？

林太郎　こらこら、この子のためにも、しげ子は、暖かくして休まないと。

しげ　そんなことできない。心配でたまらない……

林太郎　今夜、本当の森鷗外に出会ったんだろう？　だったら、このまま行かせてくれ。「舞姫」の豊太郎は、二十年たって、やっと別の結末を生きるのさ。気持ちよく送り出してくれ。

しげ　（林太郎に抱きつき）パッパ……

林太郎　大丈夫だ。パッパはちゃんと帰ってくる。

しげ　せめて、見送らせて。

林太郎　よし、下まで一緒に行こう。

二人、手をつないで廊下に出る。
やがて、階段の方で、物々しい声、悲鳴。
しげ、続いて林太郎が後退《あとずさ》りしてくる。
その後ろから、白装束に鉢巻をした峰が、薙刀《なぎなた》を構えて現れる。熱に浮かされ、足元はふらついている。

峰　（激しく息を乱しながら）山縣公のもとへ行くのは、この母が許さない！

林太郎　え、どうしてそれを……

峰　幸徳一派の命乞いをする気だろう？　賀古鶴所がそう言いに来た。

林太郎　あいつ……

峰　あのような非国民をなぜかばう？　お前まで、やつらの思想にかぶれたのではあるまいな！

林太郎　決してそうではありませんが、あの裁判はあまりにも……

峰　山縣公に直訴などしたら、これまでのすべてが水の泡だ。食うはずの肴《さかな》を食わず、着るはずの着物も着ずに、お前の学資をやり繰りした、この母の苦労を忘れたか！

林太郎　いいえ、お母様のご恩はいつも……

峰　お上に逆らうとどうなるか、子どものときに学んだはずだ。乙女峠に迷い込んだお前は、三尺四方の狭い牢に閉じ込められたキリシタンが、立つことも、手足を伸ばすこともできないままに朽ち果てていく、恐ろしい姿を見たじゃないか。

林太郎　でも今は、あの若者が僕をマリア様と間違えて微笑みかけてきたことを思い出します。途切れ途切れの讃美歌が、どこからともなく聞こえてきたことも……

峰　ああ、林太郎、どうしてお前は離れて行くんだい？　お前が陸軍軍医総監になったとき、この母の喜びはどれほどのものだったか。何をしても嬉しくて嬉しくて、雑巾がけをする手さえ、喜びに震えた。それなのに……（大きくよろける）

林太郎　あ〜っ！

と、近寄って峰を支える林太郎。しげ、峰の手から薙刀を奪う。

しげ　さぁ、行ってパッパ！　ここはもう私に任せて。
林太郎　お母様、僕はこれまでお母様のご意向に逆らったことはただの一度もありません。たとえそれが自分の望むところでなくとも、お言いつけに従い、ご恩に報いることを本分として参りました。でも、僕ももう五十に手が届きます。どうか、どうか今度ばかりは

……

しげ　パッパ、早く！
峰　そこまで言うなら、行くがいい。私も武士の娘だ。いざという際の覚悟はある。

と、帯から懐剣を抜くと鞘を払い、咽を突こうと構える。

林太郎　お母様……！
峰　お前が一歩でもそこを動いたら、私は死んで山縣公にお詫びする。それでも行きたいので

あれば、母の屍《しかばね》を乗り越えて行きなさい！

林太郎、しげ、声もなく見ている。

5

二月下旬の昼近く。休日。
スエ、揺り籠を揺らしながら、生まれたばかりの類《るい》をあやしている。賀古が現れる。

賀古 お坊っちゃまは、こちらかな？
スエ はい、ここに……
賀古 どれ、お顔を拝見しよう。

と、揺り籠を覗き込む。

賀古 小僧、ついに出てきたか！　いや、でかした、でかした！

類、激しく泣き出す。
スエ、あわててあやす。

スエ　類ちゃま、類ちゃま、大丈夫でちゅよ……

賀古　類とはまた妙な名前をつけたものだ。類だぞ、お前は。いいのか、それで？

鎮まりかけていた類、また激しく泣く。

スエ　類ちゃま、類ちゃま、いいお名前でちゅよ。

賀古　どうもこの顔は母親似だね。このすぐギャーギャー騒ぐ様子も。

類、いっそう激しく泣く。スエ、賀古を睨む。

スエ　さぁさぁ、類ちゃま。ちょっとあっちに行きましょうか。

スエ、類を抱き上げると、廊下へ。

賀古　しかし、男の子が生まれてよかった。皆さん、さぞお喜びだろう。
スエ　ええ、それはもう……

　スエ、低く子守唄を歌いながら、廊下の端に消える。
　くたびれた普段着の林太郎、本を手に現れる。

林太郎　もう来てたのか……
賀古　ああ、類君の顔を拝ませてもらったよ。
林太郎　（気のない様子で）なかなかいい男だろ？
賀古　ああ……
林太郎　どんな人生を歩むんだか……（と、机で本を読み始める）
賀古　おい、そろそろ着替えなくていいのか？
林太郎　え、俺はこのままでいいさ。
賀古　今日は類君のお披露目じゃないか。パッパがそんな恰好でどうする？
林太郎　たかが内輪の集まりだ。俺は断固着替えんぞ。

賀古　何を意地になってるんだ……

類をあやしながら、スエが戻ってくる。

スエ　いないいない、ばぁ〜。おお、お目々がまん丸になりまちたねぇ。（と、笑いながら通り過ぎて廊下の端に消える）

賀古　もうあの子だって元気にやってる。いつまでもクヨクヨするなよ。

スエ　（陰で）ちょちちょちあばば、かいぐりかいぐりとっとの目ぇ。

林太郎　無理に明るくしてるんだよ。ドクトル大石が殺されて、元気なわけがないだろう。

賀古　殺されたなどと言うな。こういう事件が二度と起きないで済むように、今後は貧民の救済に力を入れることになったじゃないか。宮廷からは、ありがたくも百五十万円が下げ渡され、貧民救済のための財団が作られる。これは、俺とお前が作らせたようなものだ。俺たちが熱心に山縣公に働きかけたからこそ……

林太郎　ああ、そうだ。幸徳たちを救えなかった、罪滅ぼしのためにな。

賀古　幸徳一派を救うより、この財団の設立の方が、どれだけの人の命を救うことか。お前も今に、きっと誇りが持てるようになる。

林太郎　……

賀古　さてと、母上のお手伝いでもしてくるか。

と、去る。廊下から、類を抱いて戻ってくるスエ。

スエ　ああ、お坊ちゃま、災難でちたねぇ。でも、もう大丈夫でちゅよぉ……

と、揺り籠に類を戻す。

林太郎　そろそろ下も忙しいだろうから、手伝ってやってくれ。類は俺が見ているから。

スエ　でも今日は、近所のおかみさんたちも、手伝いに来てくれてますし……

林太郎　まぁ、しげ子は、お前さんだけが頼りだから。

スエ　ああ……

林太郎　さぁ、行った行った。

スエ　（行きかけてから、あえて戻り）先生……クリスマスイブには、妙なお願いごとをして、申し訳ありませんでした。

林太郎　いや、別に……

スエ　どうかもう忘れてください。ドクトルだって今頃は、天国でこうつぶやいてるでしょう。こうなったんは前世の因縁やから、しゃあない。来世はええように生まれてこうや……

スエ、深く頭を下げて去る。

林太郎、揺り籠を覗き込む。

林太郎　おい、大変な世の中に生まれてきちゃったなぁ、お前……

類、泣き出す。

林太郎　ああ、泣きなさい。今のうちにたんと泣いておくがいい。大人になったら、泣きたくったって、そう簡単には……

何かの気配に振り返ると、着流しの和服姿、三味線を手にした荷風が立っている。

林太郎　どうしたんだ、その恰好は……！
荷風　へえ、ちょいとこういう気分になりましてね。お坊っちゃまを拝見してもよござんすか？
林太郎　あ、どうぞ……
荷風、揺り籠の前に跪《ひざまず》く。
荷風　これはこれは、お坊ちゃま。あたしは永井荷風という、しがない戯作者でございます。
林太郎　戯作者って……
荷風　あたしもつい先だってまでは、文学者を気取っておりましたが、ある事件を通して、己《おのれ》の卑怯な姿を見ちまったんでございますよ。以来、あたしは文学者を名乗ることはやめようと心に決めましてねぇ……
類、泣き出す。
荷風　おや、お坊ちゃま、何の悲しいことがございましょうか。あたしは、あたしにふさわしい道を見つけたんです。喜んでくださいましな。

類、泣き止む。荷風、林太郎に改めて向き直り、

荷風　ということで、先生、僕は自分の芸術の品位を、江戸の戯作者や浮世絵師の程度にまで引き下げることにいたしました。江戸の末期を生きた彼らは、浦賀へ黒船が来ようが、桜田御門で大老が暗殺されようが、てめえの与《あずか》り知ったこっちゃねえと、すまして春本や春画を書き続けた。その心に呆れるより、むしろ学ぼうと思います。この日本で、僕が文筆を捨てずに生きるには、それしか方法がありません。

林太郎　しかし、そこまで徹底しなくても……

荷風　お三味のお稽古がありますので、これにて失礼いたします。

荷風、礼をして立ち上がると、廊下の方へ。
ちょうど、平出が入ってくる。

平出　あ！

荷風　よいお日和で、じゃ……（と、去る）

平出　（見送り）あいつ、本当にやりやがった！　（林太郎に）戯作者になるとか言いませんでした？

林太郎　言った……

平出　馬鹿だなぁ。と言うか、こういう逃げ方は許せない。元々遊び人だったくせに、挫折にかこつけて居直るとは……

林太郎　まぁ、しばらくは好きなようにさせておけ。それほどのことではあったよ、少なくとも、我々にとっては。

平出　確かに、僕だってもう以前の僕とは、どこかしら違っている。

林太郎　ああ、そうだろうねぇ……

二人、無言。そろって、視線が類に向く。

平出　おっと、大事なことを忘れていた。（と、揺り籠を覗き）おやおや、お目々パッチリ、ほっぺがぷっくりだねぇ、類君。

林太郎　でも、君の被告が二名とも減刑になったのはよかった。

平出　ええ、死刑判決の翌日に、恩赦で無期懲役になったときには、つい歓声をあげてしまいましたが、これもおかしな話です。高木も崎久保も無実なのに、無期懲役で喜ぶとは。

林太郎　ああ、そうだったね……

平出　もちろん、死刑になった十二名に比べれば、彼らは幸運なのでしょうが、司法がここまで堕落していたとは！　裁判官は、弁護人の弁論など、もともと聞く気はなかったんです。それなのに僕は何を信じて、あの二時間、命がけで論じたのか……

林太郎　でも、君の言葉は被告たちの胸に届いたはずだ。あの暗黒裁判の中において、それがどれほどの励ましになったか。きっと独房に戻ってからも、君の言葉を思い出しては、凍える身体を温めただろう。

平出　先生、これを……

と、懐から数通の書簡を出して渡す。

林太郎　（差出人名を読み）管野スガ、大石誠之助、幸徳秋水……

平出　ほかにもたくさん、獄中の被告から感謝状をもらいました。死刑の判決が確定した後だというのに……

林太郎　凄いじゃないか。担当していない被告から、そんなに喜ばれたなんて。
平出　森先生のお陰ですよ。どうぞ、読んでください。
林太郎　いいのかい？
平出　もうみんなこの世にいません。それに、あの弁論は、先生と一緒に考えたものですから。
林太郎　（一通を開いて読み）ご弁論を承り、あまりの嬉しさに一筆御礼申し上げんと……
平出　管野スガは、危険思想が時代によって変わるという、思想変遷論を「千万言の法律論にもまして嬉しい」と評価してくれました。
林太郎　ああ、キリシタンを例に出したね。
平出　ドクトル大石は、あれだけのお骨折りをいただいた以上、その結果については、何も言うことがないとまで……
林太郎　ほら、前世の因縁であきらめたわけじゃないんだ。
平出　え？
林太郎　幸徳の手紙は、また長いねぇ。
平出　彼には、『スバル』や『三田文学』を差し入れしていたんです。だから、森先生の小説についても、そこに書いていますでしょう。
林太郎　えっ、ここに……

平出　はい、ここらへんに……（と、指し示す）

林太郎　（読み）私は文芸をもって主義を説き伝道に利せねばならぬというのではありません。文芸は元より文芸としての真価を有せねばなりませんが、私の望むのは、その真価を人生と交渉ある点に見出したいのです。人生と没交渉で画に描ける女を見るようでは、少年はとにかく、

平出　（続けて暗誦）大人を動かすに足りません。日本の文学でも、鷗外先生の物などは、さすがに素養力量があるうえに、年も長じ、人間と社会とを広く深く知っておられるので立派なものです。私はいつも敬服して読んでいます……

林太郎　そんなことはない！　俺など、そんなふうに言われる資格は……

平出　でも、幸徳は、そう思ったんですよ。死を前にした、偽らざる心でしょう。

林太郎　……

平出　先生、僕は小説を書いてみようと思います。この裁判の記録は、おそらくずっと公表されない。でも、小説に表せば、一般読者の目に触れることになる。もちろん、ここしばらくは沈黙を守るしかないでしょうが。

林太郎　書きたまえ。君には短歌と評論で培った実力がある。何より書く動機がある。

平出　そのときは、真っ先に先生に見せますから、よろしくご指導願いますよ。

林太郎　ああ、もちろん。

しげと峰、そろって現れる。

しげ　パッパ、早く着替えてくださいな！
峰　平出さんも、どうぞもうお席の方に。
平出　じゃ……（と、廊下の方へ）
しげ　あ、お母様、ちょっと……（と、峰の襟元の乱れを直す）
峰　まあ、ありがとうね。

林太郎と平出、驚いてそれを見る。
平出が去ると、しげと峰は仲良く林太郎の方へ。

しげ　パッパ、お母様がね、今後お金のことはすべて、私に任せてくださるとおっしゃるの。
林太郎　えっ……
峰　しげ子ももう一人前だもの。安心してお財布を預けますよ。

しげ　私など、まだまだ至りませぬのに……

峰　いやどうして、今日の客あしらいなど、堂に入って大したものだ。

しげ　そばでお母様が助けてくだすったからですわ。

峰　そうね、じゃ、そうしておこうか。

しげ　まぁ、お母様ったら……

二人、笑いながら類の方へ。

しげ　さぁ、いよいよお目見えですよ。

峰　ああ、目が覚めた。いい子だねぇ。

しげ、峰に助けられ、類を抱き上げる。

二人、類をあやし、笑い声をたてながら、廊下の方へ。

林太郎　（呆然と見送って）……

廊下から、いきなり林太郎を振り返るしげと峰。

林太郎 （咄嗟《とっさ》に向きをかえ）……

しげ、何やら峰に耳打ち。峰、頷いて類をしげから受けとると、あやしながら去る。

しげ パッパ……（と、戻ってくる）パッパは精一杯やりましたよ。私にはわかってる。

林太郎 ……

しげ それでね、あの小説を書くのはやめにした。もう「半日」の敵討《かたき》ちをする気は消えてしまったの。だから、「一日」は焼き捨てました。あの夜のパッパの姿は残りません。私の胸だけに生きている。

林太郎 ……

しげ パッパ、早く着替えてね。鷗外らしく、颯爽とした姿で出てきてちょうだい。（去る）

林太郎、見えない何かを見つめている。

林太郎　やっぱり、こういう結末になったよ。おかしいだろ、エリス……

林太郎、内なるエリスに問いかけている。

幕

初出／「悲劇喜劇」二〇一四年十一月号（早川書房）
再演にあたり、若干の改訂を加えた。

■上演記録　二兎社第三十九回公演

二〇一四年十月二日（木）〜二十六日（日）　東京芸術劇場シアターウエスト

■スタッフ

作・演出　永井　愛　　演出助手　鈴木　修
美術　大田　創　　プロンプター　池内　風
照明　中川隆一　　照明操作　吉田裕美　横田幸子　国吉博文　成久克也
音響　市来邦比古　　音響操作　白石安紀
衣裳　竹原典子　　衣裳助手　馬渕紀子
ヘアメイク　清水美穂　　ヘアメイク助手　唐澤知子
舞台監督　増田裕幸　　舞台監督助手　竹内章子　佐藤保誠　松井美保
票券　渡邊妙子（ぷれいす）　　方言指導　有馬理恵
制作　安藤ゆか　山田茜音　　制作助手　本村明日香
提携　公益財団法人東京都歴史文化財団　東京芸術劇場
共同制作　富士見市民文化会館キラリ☆ふじみ　パティオ池鯉鮒（知立市文化会館）
盛岡市文化振興事業団（盛岡劇場）　えずこホール（仙南芸術文化センター）

■キャスト

金田明夫——森林太郎（鷗外）　　髙柳絢子——スエ
水崎綾女——森　しげ　　大方斐沙子——森　峰
内田朝陽——平出　修　　若松武史——賀古鶴所
佐藤祐基——永井荷風

■上演記録　二兎社第四十五回公演

二〇二一年十一月十二日(金)～十二月五日(日)　東京芸術劇場シアターウエスト

■スタッフ

作・演出　永井　愛　　演出助手　白坂恵都子
美術　大田　創　　プロンプター　山本沙羅
照明　中川隆一　　照明操作　吉田裕美　ライティング・デザインなかがわ
音響　市来邦比古　　音響操作　堤裕吏衣
衣裳　竹原典子　　衣裳助手　佐藤いずみ
ヘアメイク　清水美穂　　方言指導　羽山真弓
殺陣指導　井上謙一郎
舞台監督　福本伸生　下柳田龍太郎　　舞台監督助手　鈴木　修　大谷菜々華　千田真愛
制作協力　持田有美　弘　雅美　　票券　熊谷由子
制作　安藤ゆか　　制作助手　寺岡　瞳　三國谷花
提携　公益財団法人東京都歴史文化財団　東京芸術劇場

■キャスト

松尾貴史――森林太郎(鷗外)　　木下愛華――スエ
瀬戸さおり――森　しげ　　池田成志――賀古鶴所
味方良介――永井荷風　　木野　花――森　峰
渕野右登――平出　修

あとがき

鷗外の心に終生深く漂いながら、決して日記に書かれなかったことが三つあるという。

一つは、少年期に津和野で見たであろう、藩によるキリシタンの迫害。鷗外が一度も津和野に帰らなかったのは、「いたましい記憶のよみがえる事に堪えられなかつたのであらう」と次女の杏奴は書いている（「亀井藩と父鷗外」／「図書」一九七一年十一月、岩波書店）。

二つ目は、ドイツ留学時に知り合い、結婚まで誓ったエリーゼ・ヴィーゲルトという女性の存在。「舞姫」のエリスとは違い、エリーゼは鷗外との約束通り、彼の帰国後に来日した。陸軍省の上官や家族の猛反対により、鷗外はエリーゼとの結婚を断念したが、彼女が説得されて帰国するまでには、一ヵ月かかったという。

これらのことについては、山崎国紀氏の『森鷗外〈恨に生きる〉』に、何度も首肯させられた。特に、大逆事件における国家の不条理な振る舞いが、鷗外にキリシタン迫害の記憶を蘇らせたであろうこと、エリーゼを裏切った悔恨を生涯抱き続けたに違いないという指摘は、同じ石見人《いわみ》として鷗外に向き合ってこられた、氏ならではの考察だと思う。

三つ目は、大逆事件の裁判を前に、鷗外が平出修に協力し、被告を弁護するために、社会主義、無政府主義についての知識を授けていたこと。同時に、元老山縣有朋の私的な組織、永《えい》錫《しゃく》会《かい》に参加し、社会主義、無政府主義取り締まりの相談にも乗っていたこと。ここでは司法に先んじて、大逆事件の判決にまで議論が及んだ可能性もあるらしい。

これについては、山崎一穎氏の『森鷗外　国家と作家の狭間で』、中村文雄氏の『森鷗外と明治国家』が大いに理解の助けとなり、それが芝居の骨格となった。

大逆事件については、神崎清氏の『革命伝説大逆事件③この暗黒裁判』、田中伸尚氏の『大逆事件　死と生の群像』から多くを学んだ。何より、無実の被告たちの声を今に届けようとする姿勢に打たれた。

鷗外に詳しいとは言えない私が、三つの切り口を頼りに、その実像に迫ろうとすることはなかなか困難ではあったが、苦しみながらも様々な感情を呼び起こされ、大きな出来事をくぐり抜けたような、刺激的な執筆体験となった。

とは言え、相変わらず台本の仕上がりは遅く、初演の出演者、スタッフの皆さんには大変なご苦労をかけてしまった。ここに改めてお詫びするとともに、皆さんの奮闘が素晴らしい舞台成果に結実したことを、心より感謝申し上げます。

二〇二一年十月

再演を前にして　　永井　愛

[著者略歴]

永井 愛（ながい・あい）

1951年 東京生まれ。桐朋学園大学短期大学部演劇専攻科卒。

1981年 大石静と劇団二兎社を旗揚げ。1991年より二兎社主宰。

第31回紀伊國屋演劇賞個人賞、第1回鶴屋南北戯曲賞、第44回岸田國士戯曲賞、第52回読売文学賞、第1回朝日舞台芸術賞「秋元松代賞」、第65回芸術選奨文部科学大臣賞、第60回毎日芸術賞などを受賞。

主な作品

「時の物置」「パパのデモクラシー」「僕の東京日記」「見よ、飛行機の高く飛べるを」「ら抜きの殺意」「兄帰る」「萩家の三姉妹」「こんにちは、母さん」「日暮町風土記」「新・明暗」「歌わせたい男たち」「片づけたい女たち」「鷗外の怪談」「書く女」「ザ・空気」「ザ・空気 ver.2 誰も書いてはならぬ」「ザ・空気 ver.3 そして彼は去った…」「私たちは何も知らない」

鷗外《おうがい》の怪談《かいだん》

2021年11月25日 初版第1刷発行

著 者 永井 愛

発行所 有限会社 而立書房

東京都千代田区神田猿楽町2丁目4番2号

電話 03（3291）5589 ／ FAX 03（3292）8782

URL http://jiritsushobo.co.jp

印刷・製本 中央精版印刷 株式会社

落丁・乱丁本はおとりかえいたします。

ISBN 978-4-88059-431-6 C0074

装幀・瀬古泰加

永井 愛

2021.3.10 刊
四六判上製
112 頁

ザ・空気 ver. 3　そして彼は去った…

本体 1500 円（税別）
ISBN978-4-88059-426-2 C0074

政権べったりなことで知られる政治コメンテーターの横松輝夫。訪れた放送局の控室が新聞記者時代の後輩・桜木の自死した現場と知るや取り乱し、擁護すべき政権のスキャンダルを暴露しはじめる!!「メディアをめぐる空気」シリーズ完結編！

永井 愛

2019.12.10 刊
四六判上製
112 頁

ザ・空気 ver. 2　誰も書いてはならぬ

本体 1400 円（税別）
ISBN978-4-88059-417-0 C0074

舞台は国会記者会館。国会議事堂、総理大臣官邸、内閣府などを一望できるこのビルの屋上に、フリージャーナリストが潜入する。彼女が偶然見聞きした、驚くべき事件とは…。第 26 回読売演劇大賞選考委員特別賞・優秀男優賞・優秀演出家賞受賞作。

永井 愛

2018.7.25 刊
四六判上製
120 頁

ザ・空気

本体 1400 円（税別）
ISBN978-4-88059-408-8 C0074

人気報道番組の放送数時間前、特集内容について突然の変更を命じられ、現場は大混乱。編集長の今森やキャスターの来宮は抵抗するが、局内の"空気"は徐々に変わっていき……。第 25 回読売演劇大賞最優秀演出家賞、同優秀作品賞・優秀女優賞受賞作。

永井 愛

2016.1.25 刊
四六判上製
160 頁

書く女

本体 1500 円（税別）
ISBN978-4-88059-391-3 C0074

わずか 24 年の生涯で『たけくらべ』『にごりえ』などの名作を残し、日本女性初の職業作家となった樋口一葉。彼女が綴った日記をもとに、恋心や人びととの交流、貧しい生活を乗り越え、作家として自立するまでを描いた戯曲作品。

永井 愛

2002.12.25 刊
四六判上製
224 頁

新・明暗

本体 1500 円（税別）
ISBN978-4-88059-300-5 C0074

僕は知りたい。なぜあなたに否定されたのかを……。夏目漱石の未刊の絶筆『明暗』を、現代化した心理ミステリー劇にしたてあげた永井の豪腕は、最後まで息を継がせない。

マキノノゾミ

2008.11.25 刊
四六判上製
296 頁

赤シャツ／殿様と私

本体 1800 円（税別）
ISBN978-4-88059-349-4 C0074

漱石の『坊ちゃん』の敵役・赤シャツを、気の弱い、気配りの多い近代日本の知識人に仕立て直した野心作──「赤シャツ」。明治維新で、自我を知った殿様の悲哀と諦念と開き直りを描く──「殿様と私」。